VINDOBONA
VERLAG SEIT 1946

Bibliografische Information der Deutschen Nationalbibliothek:
Die Deutsche Nationalbibliothek verzeichnet diese Publikation in der Deutschen Nationalbibliografie.
Detaillierte bibliografische Daten sind im Internet über http://www.d-nb.de abrufbar.

Alle Rechte der Verbreitung, auch durch Film, Funk und Fernsehen, fotomechanische Wiedergabe, Tonträger, elektronische Datenträger und auszugsweisen Nachdruck, sind vorbehalten.

Für den Inhalt und die Korrektur zeichnet der Autor verantwortlich.

© 2011 Vindobona Verlag

Gedruckt in der Europäischen Union auf umweltfreundlichem, chlor- und säurefrei gebleichtem Papier.

www.vindobonaverlag.com

Sybille Zeisel

Pool für den Leguan gesucht!

Ein heiterer Tatsachenbericht aus dem erschütternden Alltag einer Immobilienmaklerin

Für Elgar,
der es mir ermöglicht, Dinge zu tun, die ich schon immer tun wollte.

Eine kurze Vorstellung:

Bevor wir uns hier, quasi ohne Vorbereitung, auf das heikle Terrain der Immobilienbranche begeben, möchte ich mich bei Ihnen, geschätzte Leser, kurz vorstellen. Das dient dem Zweck, Verwunderungen vorzubeugen. Denn es ist wichtig, zu wissen, dass ich nicht immer Immobilienmaklerin gewesen bin. Im Gegenteil. Um mit dem beliebten deutschen Komiker Heinz Erhard zu sprechen: Als ich auf die Welt kam, war ich noch ein kleines Kind.

Und ich kann mich nicht mehr daran erinnern, ob meine Eltern tatsächlich froh waren über meine Ankunft. Fest steht jedenfalls, dass sie mich mit zu sich nach Hause genommen haben, ob freiwillig oder nicht. Dort gab es von Anfang an in meinem Leben einige Sonnenstrahlen, aber auch einige erschreckende und verstörende Schattenseiten, wie bei wahrscheinlich jedem Kind. Zu den Sonnenstrahlen gehörte eine Perchtenmaske namens Fifi, die in unserem kleinen Vorzimmer an der Wand hing. Immer, wenn ich es für notwendig befand, lautstark zu brüllen, hob mich mein Vater zu der Maske hinauf und ließ sich von ihr unter lautem „Au!, Au!" in den Finger zwicken. Ich fand das ziemlich lustig, sodass ich mir mit der Zeit angewöhnte, auch ohne jeden Grund lautstark zu brüllen. Ein anderer Sonnenstrahl war ein großes Mädchen mit dem Namen Ulli, das mir als meine ältere Schwester vorgestellt wurde. Ulli war ein bisschen dick und überaus freundlich, und es machte ihr sichtlich Spaß, sich mit meinen Zehen und meinen Haaren zu beschäftigen. Sobald ich dazu in der Lage war, lief ich immer hinter ihr her und machte alles nach, was sie machte. Wir hatten kleine Spielzeugtiere und einen Bauernhof mit aufklappbarem Dach, außerdem einen Puppenwagen und ein eigenes Kasperltheater, das mein Opa eigens für uns gebastelt hatte. Mit diesen Dingen verspielten wir unsere ganze Kindheit, und das so gerne, dass ich einzelne Gegenstände aus dieser Zeit bis heute aufbewahrt habe.

Zu den weniger erfreulichen und erschreckenden Eindrücken meiner ersten Lebensjahre gehörte eine hexenähnliche alte Frau aus der Nachbarschaft, die komplett verbogene Beine hatte und deshalb auf Krücken gehen musste. Meine Mutter erklärte uns das mit dem Wort „Kinderlähmung" und profitierte davon insofern, als ich mich später nie gegen irgendwelche Impfungen zur Wehr gesetzt habe, denn ich wollte auf keinen Fall so Furcht erregend aussehen wie diese Nachbarin. Ein weiteres Angstobjekt war unser Keller, in dem der Koks für unseren Ofen gelagert wurde, den man mehrmals pro Woche mittels eines eigenen Kokskübels nach oben bringen musste. Niemals wäre ich alleine dort hinunter gegangen. Es galt aber als große Ehre und Mutprobe, gemeinsam mit meinem Vater den Koks aus dem Keller zu holen. Wenn ich danach trotzdem wieder mit der Brüllerei anfing, durfte ich wieder zu Fifi, der meinen Vater verlässlich in den Finger biss. Und ich lernte auf diesem Weg rasch, dass man Opfer bringen muss, um später belohnt zu werden. Die dunkelste und schwierigste Schattenseite meiner Kindheit war allerdings meine Mutter, die schon früh damit beschäftigt war, sich mit ihren eigenen Dämonen, die in diversen Flaschen wohnten, auseinanderzusetzen. Sie regierte über mich und meine etwas dicke, freundliche Schwester mit äußerster Ungeduld und diversen Kochlöffeln aus Holz, die uns bis in unsere Träume verfolgten. Und bis heute ist mir der häufige Ausruf meiner Schwester im Ohr: „Bitte hau mich, Mutti, die Billy ist ja noch so klein!"

So vergingen die ersten Jahre meiner Kindheit zwischen dem Kinderzimmer, dem Bauernhof, dem Kasperltheater, einem Park mit vielen Vögeln namens „Wasserpark", einem anderen namens „Spitzer Park" und den Sonntagen, an denen mein Vater Ulli und mich auf den Fußballplatz mitnahm. Auf dem Weg dorthin gab es drei Elefanten aus Stein, und jedes Mal, wenn wir an ihnen vorbeigingen, durften wir darauf reiten. Auch der Fußballplatz hatte für uns seinen Reiz, weil er an einen Platz grenzte, wo viele verschiedene Hunde ihre Herrchen abrichteten. Ich liebte alle diese Orte, die steinernen

Elefanten, meine große Schwester und meinen immer freundlichen und endlos geduldigen Vater. Und heute denke ich, dass diese Zeit trotz ihrer Schattenseiten so ungefähr das war, was man unter glücklicher Kindheit versteht.

Die Periode nach meiner Volksschulzeit war dann bereits weitaus weniger unbeschwert. Ich war noch immer gewohnt, überall hinter meiner großen Schwester herzulaufen. Doch es zeigte sich allmählich, dass das nicht immer möglich-, und schon gar nicht immer erwünscht war. Je älter wir wurden, desto mehr drifteten unsere Pfade allmählich auseinander. Spätestens in der Mittelschule schien Ulli keine große Lust mehr zu haben, ihre jüngere Schwester überall mitzuschleppen. Sie seilte sich allmählich ab, und mir erschienen ihre Pfade nicht so erstrebenswert, als dass ich ihnen auf Biegen und Brechen gefolgt wäre. Überhaupt schien ab einem bestimmten Moment meiner persönlichen Entwicklung nur mehr das Wort „Protest" über meinem blond gelockten Haupt zu schweben: Ich gefiel mir in der Rolle als Revoluzzerin in der Schule, boykottierte den Unterricht, machte den Fleißigen das Leben schwer und ersann ständig neue Konzepte, um auch hart gesottene Professoren aus dem Takt- und zur Verzweiflung zu bringen. Das alles natürlich nicht ohne Folgen: Denn irgendwann retten einen auch gute Deutschkenntnisse nicht mehr davor, einfache mathematische Gleichungen zu lösen. Und irgendwann kommt man endgültig nicht mehr mit, wenn man seine Vormittage im Kino oder auf einer sonnigen Parkbank im Schlosspark des Belvedere verbringt. Meine Schulleistungen oszillierten um den Nullpunkt, die Laune meiner Eltern um den Siedepunkt, und ich fand es an der Zeit, einen Ausweg aus dieser höchst bedrückenden und lästigen Situation zu finden.

Und ich fand ihn. Und zwar in Gestalt eines überdurchschnittlich erfolgreichen jüdischen Geschäftsmannes namens Martin. Dieser Martin überzeugte mich rasch und unproblematisch davon, mein Leben künftig weder nach der Schule, noch nach meinen Eltern oder irgendwelchen anderen, kleinlichen und spießigen Parametern auszurichten. Stattdessen packte er mich ein, stattete mich mit einem schicken Sportwagen und einer großen Menge Taschengeldes aus und zeigte mir bis dahin nicht gekannte Annehmlichkeiten des täglichen Lebens: Die schönsten Hotels, die besten Restaurants, Flüge mit dem Privatjet oder elitäre Privatklubs. Wir fuhren mit dem Pferdeschlitten durch das verschneite Zermatt und schworen uns ewige Liebe, saßen auf einsamen griechischen Inseln, starrten in den Sonnenuntergang und führten endlose Gespräche darüber, dass uns beide weder die Herkunft, noch die Religion, noch prosaische Dinge wie seine Ehe jemals trennen würden. Ich glaubte alles. - Und fiel in einen bodenlosen Abgrund, als diese Zeit ihr jähes Ende fand, als unser heimliches Techtelmechtel aufflog, und seine Ehegattin davon Wind bekam. Der fegte mich weg wie ein Staubkorn und ließ einen wahren Trümmerhaufen zurück.

Und doch gelang es mir nach einiger Zeit, meine Einzelteile wieder einzusammeln und mich selbst auf eine neue Linie zu bringen. Die einzige Fähigkeit, die ich besaß, war ein gewisses Talent zum Schreiben. Mein noch immer freundlicher Vater ließ einige Kontakte spielen, und so wurde ich eine „freie Journalistin" und verdiente meinen Lebensunterhalt damit, anderen Leuten zu erzählen, wie man aufmüpfige Kinder erzieht, Kräuter einpflanzt oder erfolgreich seine Rechte als lang gedienter Bundesbeamter vertritt. Die Arbeit gefiel mir, zumal mein Vater kaum jemals irgendetwas an mir- oder von mir kritisierte oder korrigierte. Er ersparte mir auch Vorwürfe oder nachträgliches Gejammer über längst vergossene Milch, sondern bestärkte mich stattdessen in allen meinen Bemühungen, egal, in welche Richtung sie gingen. Wir konnten fast wieder genauso lachen wie in der Zeit, als er sich von Fifi in den Finger beißen ließ, um mein Brüllen endlich abzustellen. Wahrscheinlich deshalb wurde ich allmählich umgänglicher und gesetzter und verschwendete auch Gedanken darauf, was andere glücklich machen könnte.- Oder wodurch es mir gelingen könnte, ein wertvolles und geachtetes Mitglied der Gesellschaft zu werden. Ich heiratete nach kurzer

Kennenlernphase einen jungen, ehrgeizigen und viel versprechenden Marketingmenschen, und wir begannen sofort damit, alle Klischees eines aufstrebenden, ehrgeizigen, gut aussehenden und erfolgsorientierten Ehepaares zu erfüllen. Dazu gehörten damals ein Haus im Grünen, ein großer Freundeskreis, ein schickes Auto sowie ein gewisser Reproduktionswille. Ergo bekamen wir zuerst unseren Sohn Paul und zwei Jahre später unsere Tochter Robin. Danach sah ich ein, dass ich den aufstrebenden Marketingmenschen im Grunde meines Herzens keinesfalls bis in mein höheres Alter an meiner Seite haben wollte. Und unsere Ehe wurde nach nur drei Jahren Haltbarkeit einvernehmlich geschieden.

Schon bei der Hochzeit hatte meine beste Freundin Lucy geunkt, ich würde ja nur deshalb heiraten, um Kinder zu bekommen. Wahrscheinlich war das wirklich so, denn meinen Job als freie Journalistin hatte ich niemals aufgegeben, sondern neben der Kinder- und Haushaltsbetreuung immer weiterbetrieben. Jetzt fiel eine große Last in Form eines ständig meuternden Ehemannes weg, und es begann eine unwahrscheinlich schöne und freie Zeit als Alleinerzieherin von zwei gesunden, fröhlichen und aufgeweckten Kindern. Wenn ich an diese Phase zurückdenke, fällt mir eigentlich nur Positives ein: Wir machten Reisen, lernten verschiedene Instrumente, gingen Schi laufen und fechten, spielten Tennis, kauften einen kleinen Hund und später auch noch ein eigenes Pferd. Unser Leben war ein Hit, von keinerlei Schatten verdunkelt, und währenddessen wurden die Kinder wie von selbst groß und schließlich sogar erwachsen.
Es gibt einen Spruch, der besagt: Auf Regen folgt stets Sonnenschein. Wenn dieser Spruch zutrifft, dann wahrscheinlich auch in der umgekehrten Reihenfolge. Nach vielen unbeschwerten Jahren folgte ein Gewitter mit Donner, Hagelschlag, Vernichtung und einem Meer von Tränen. Innerhalb von zwei Jahren starben meine Eltern, meine geliebte Großmutter, einer meiner besten Freunde und schließlich auch noch mein Pferd „Nez Rouge", das mich wacker durch die wechselnden Landschaften der Jahre

getragen hatte. Meine große Schwester und ich eilten von einem Begräbnis zum nächsten, regelten Verlassenschaften und Wohnungsauflösungen, entrümpelten, ordneten, organisierten und bemühten uns dabei, die Köpfe trotz allem oben zu lassen. Als diese Epoche der dunklen Wolken endlich vorbei war, standen wir beide immer noch aufrecht, waren aber doch schwer angeschlagen. Und für mich war klar, dass etwas Neues, grundsätzlich anderes, seinen Anfang nehmen musste. Ich hatte einige Immobilien meiner Eltern relativ gut und gewinnbringend verkauft und damit die Hände frei bekommen, um mich neu zu orientieren. Die Kinder waren weitgehend erwachsen und mit dem nötigen Rüstzeug für ihre weitere Laufbahn ausgestattet. Ich hatte sie sozusagen auf's Pferd gesetzt und konnte darauf vertrauen, dass sie jetzt selbständig reiten würden. Auch darunter konnte ich geistig also das Häkchen für „erledigt" machen. In dieser Zeit beschloss ich, erstens wieder zu heiraten und zweitens, Immobilienmaklerin zu werden.

Und wenn das nicht klappt, werde ich beschließen, Schriftstellerin zu werden. In meiner höchst persönlichen Deutung der Formulierung „von der Leichtigkeit des Seins".

Vorwort

Maklerei hat nichts mit „Macke" zu tun, geschweige denn mit irgendwelchen Wörtern, die sich darauf reimen. Der Begriff geht vielmehr auf die ehemals beliebten Hochzeitsmakler zurück, deren Aufgabe es war, schon leicht angegrauten Jungfern zu einem passenden Ehegespons zu verhelfen. Das war nicht immer leicht, denn schon allein die Tatsache, dass man auf ihre Hilfe angewiesen war, lässt darauf schließen, dass es sich bei den Vermittlungsobjekten häufig um echte Ladenhüter handelte, für die sich nur eine bescheidene Anzahl potentieller Kaufinteressenten auftreiben ließ. Die Makler mussten sich deshalb eine Menge einfallen lassen, um Eindruck zu schinden: Die Bräute wurden geschmückt und geschminkt, ihre schlechten Eigenschaften wurden als liebenswerte „Schrullen" dargestellt, und die oft spärlich vorhandenen Qualitäten in strahlendem Licht hervorgehoben. Dem Makler von heute ergeht es genauso. Er wird gerufen, wenn alle anderen Verkaufsversuche gescheitert sind, und er soll dann ein Wunder vollbringen. Gelingt ihm das tatsächlich, bekommt er im günstigsten Fall seine Bezahlung. Bleibt er aber trotz aller Anstrengungen auf der ungeliebten Braut sitzen, schlagen ihm komprimiert und mitleidlos alle Vorurteile und Vorverurteilungen entgegen, mit der die Branche zu kämpfen hat. Dieses Buch soll die andere Seite der Medaille zeigen und dem Leser den mörderischen, zermürbenden Alltag eines Immobilienmaklers vor Augen führen. Es ist nichts für schwache Nerven und zart besaitete Gemüter, verzichtet auf Beschönigungen oder Verharmlosungen und wird in vielen Fällen zu Betroffenheit, wenn nicht Erschütterung führen. Nur die Härtesten werden es schaffen, alle Einzelheiten seelisch zu verkraften und bei manchen Textstellen nicht in haltloses Schluchzen auszubrechen. Eines jedoch kann ich versprechen: Sie werden uns Makler danach mit anderen, geläuterten Augen sehen und uns eine neue Form der Achtung und Wertschätzung entgegenbringen, die wir zweifellos auch verdienen.

Warum auch geistig gesunde Menschen Immobilienmakler werden

Mein anfänglicher Ausflug ins Hochpersönliche kann vielleicht erklären, dass es die unterschiedlichsten Zufahrtsstraßen zu dieser allgemein umstrittenen Berufslaufbahn gibt. Wie beim Autofahren mit einem verwirrten oder starrköpfigen Navigationsgerät landet man einfach nicht immer dort, wo es geplant war, und es gibt auch nicht auf jedes Warum eine eindeutige Antwort oder eine gute Begründung dafür.

Wenn Menschen gerade nichts Besseres einfällt, womit sie mich grenzenlos langweilen können, stellen sie mir trotzdem rücksichtslos die wirklich tiefsinnige Frage: „Warum sind sie eigentlich Immobilienmaklerin geworden?" Ich habe dann nicht die geringste Ahnung, welche Antwort von mir erwartet wird. Vielleicht aus Berufung, wie bei einem Arzt? Weil ich schon immer den inneren Drang verspürt habe, armen Häuschen zu einem neuen Herrchen zu verhelfen? Oder vielleicht aus einer alten Familientradition heraus, weil schon mein Vater und mein Großvater Immobilienmakler waren, und ich eine alte Immobilienmaklerdynastie weiterführen möchte? Das wäre ziemlich dreist gelogen, mein Großvater mütterlicherseits war Alkoholiker und Geldbriefträger, und der väterlicherseits Alkoholiker und stolzer Besitzer eines 2-Mann-hoch- Fensterputzunternehmens. Der einzige aus meiner Familie, der es halbwegs zu etwas gebracht hat, war mein fleißiger Vater als Multifunktionär beim österreichischen Gewerkschaftsbund.

Welchen vernünftigen Grund gibt es also, einen Beruf zu wählen, der im öffentlichen Ansehen knapp unter dem der Prostituierten, der Zuhälter und der Politiker rangiert? Die Antwort ist verblüffend einfach: Man braucht dafür nämlich absolut nichts können, keine qualifizierte Ausbildung haben, keinen Schulabschluss und auch sonst keine hervorstechenden Fähigkeiten oder Kenntnisse. Es ist ein idealer Beruf für

Menschen, die nichts gelernt haben und entschlossen sind, dem auch nichts hinzuzufügen.

Nehmen wir beispielsweise das hochinteressante Gebiet der höheren Mathematik: Um ein guter Makler zu sein, reicht es, bis maximal 20 zählen zu können. Mehr Zimmer oder Räume hat ein Haus im Normalfall nicht. Kommt man in die Lage, etwas ausmessen zu müssen, was 20 cm übersteigt, kann man sich mit einem digitalen Entfernungsmessgerät helfen, was den Vorteil hat, dass man damit nicht immer 20 plus 20 plus 20 usw. addieren muss, sondern gleich das Endergebnis erhält. Für Mietberechnungen, bei denen man herausfinden muss, welchen Preis pro Quadratmeter eine angegebene Gesamtmiete ergibt, kann man liebe Freunde oder Kollegen beiziehen, die irgendein akademisches Studium absolviert haben. Und für das Herausrechnen von Steuern, einer besonders gemeinen und kniffeligen Materie, hat ein guter Makler eine Sekretärin. Ist das nicht der Fall, kann man sich immer noch mit der Formulierung „Pauschale" helfen, wie ich das häufig und gerne tue. Wo kein Kläger, da kein Richter. Und immer noch besser, als man verrechnet sich, vor allem bei gebildeten Kunden, denen ein Endergebnis von 0,058777 periodisch als Quadratmeterpreis nicht plausibel erscheint.

Ebenso einfallsreich und listig sollte man sein, wenn man seiner deutschen Muttersprache nicht wirklich mächtig ist und einen Inserattext verfassen muss. Wichtig ist auch hier, dass man spezifische Festlegungen, auf die man später festgenagelt werden kann, tunlichst vermeidet und die Beschreibung eines Objekts möglichst allgemein hält. Hierfür eignen sich hervorragend simple Aufzählungen wie: „Es gibt da mehrere Zimmer und auch ein Klo. In der Küche kann man kochen, dafür sind auch einige Geräte da. Im Keller steht ein Schwitzkasten aus Holz, und daneben ist eine Vorrichtung, mit der man Wasser lassen kann. Außerdem ist da auch ein Garten, aus dem Pflanzen wachsen sowie ein kleines Haus für das Auto. Beheizt wird das Haus mit einer Heizung. Der Boden ist ziemlich flach, und es gibt ihn überall." Kommen dann boshafte Detailfragen wie etwa „wie viel Quadratmeter hat das Wohnzimmer?", darf man nicht erschrecken und sie keinesfalls ignorieren, sondern man verlässt sich wieder auf seine Intuition und antwortet beispielsweise: „Es ist kleiner als ein Bahnhof, aber deutlich größer als das Klo." Erst wenn auch das nicht genügt, darf man weitere Anfragen ignorieren, weil man dann ohnehin sicher sein kann, dass der Interessent ein chronischer Querulant und Erbsenzähler ist.

Ansonsten ist es für einen Immobilienmakler auch wichtig, kein Fußleiden zu haben und die Grundbegriffe der Gebärdensprache zu beherrschen, weil er in der Regel über keinerlei Fremdsprachenkenntnisse verfügt. Es kommt nämlich immer häufiger vor, dass man seine Objekte Menschen zeigen muss, die nur ausländisch sprechen, weil sie erst seit wenigen Jahrzehnten in Österreich ansässig sind. Für diese Fälle sollte man die kulturellen Hintergründe seiner Kunden kennen. Beispielsweise ist es für türkische, albanische, armenische, philippinische oder thailändische Mitbürger wichtig, dass eine Behausung dehnbar ist, denn sie wollen mitunter ihr gesamtes Heimatdorf plus die benachbarte Region dort unterbringen. Man verkauft ihnen deshalb sämtliche Nischen, Nasszellen, Zählerkästen, Abstellkammern, Postkästen und Entlüftungsschächte als potentielle Zimmer, die man mit etwas handwerklichem Geschick und einigen Pinselstrichen da und dort gemütlich gestalten kann. Amerikanische Kunden sind häufig verrückt nach monarchistischem Trödel und Tand, der in Schrebergartenhütten oder Sechziger-Jahre-Einfamilienhäusern mit Eternitverkleidung allerdings nur selten vorhanden ist. Bei ihnen hilft sich der trickreiche Makler am besten mit phantasievollen Entstehungsgeschichten der betreffenden Immobilie. Beispielsweise kann man behaupten, dass auf dieser, vielleicht unansehnlich wirkenden Couch unser Kaiser Franz Josef seine Lieblingsköchin geschwängert hat. Oder dass irgendein ungarischer Graf im Keller des Hauses seinen Jagdhund „Leopold" hingerichtet hat, nachdem ihm dieser ans Bein gepinkelt hatte. Beide Histörchen sind auch in der Gebärdensprache relativ leicht zu vermitteln, sodass auch ein Immobilienmakler ohne jedwede Fremdsprachenkenntnisse gut zurechtkommt.

Selbst mangelhafte Geographiekenntnisse lassen sich blendend kaschieren, wenn man Festlegungen vermeidet und sich an das Grundprinzip der Verallgemeinerung hält. Beispielsweise möchten die Oberschlauen unter den Interessenten häufig wissen, wo sich eine Immobilie eigentlich befindet, oder, noch schwieriger, welche allgemein bekannten Highlights dort in der Nähe sind. Gute Antworten sind dann „eine Kirche" oder „ein Laden" oder „ein Berg" oder „Wasser" oder „eine Straße". Ist nichts von dem gegeben, kann man „Luft" angeben, ohne allerdings Qualitätsbezeichnungen wie „gut" oder „schlecht" beizufügen, dann daran könnte man wiederum festgemacht werden. Ähnliches gilt für die bereits an Pedanterie grenzende Frage nach irgendeiner himmelmäßigen Orientierung, die ich bis heute nicht wirklich begriffen habe. Bei telefonischen Auskünften kann man sich hier nur in unverständliches Gebrabbel wie „südwestnordöstlich" retten. Vor Ort beschreibt man am besten mit dem Arm einen riesigen Bogen, in dem die Sonne wandert, und zwar manchmal von rechts nach links, mitunter aber auch umgekehrt, und immer stimmt jedenfalls die Auskunft „oben".

Spätestens an diesem Punkt dürfte klar werden, warum Menschen wie ich die Laufbahn des Immobilienmaklers wählen: Es ist ein Beruf, in dem man kreativ sein kann, für den man aber absolut nichts können muss, durchaus vergleichbar mit dem eines Landtagsabgeordneten oder eines Staatssekretärs für Lebensmittelangelegenheiten. Nur leider schlechter bezahlt.

Seminare

Hat man sich schließlich anlässlich eines Hafturlaubs, einer Schulverweisung oder einer erfolgreich absolvierten Entziehungskur endgültig dazu entschlossen, neue Wege zu beschreiten und Immobilienmakler zu werden, sollte man zunächst versuchen, sich ein Bild von seinem künftigen Berufsalltag zu machen. Dafür gibt es verschiedenste Möglichkeiten. Beispielsweise steht eine große Auswahl an Do-it-yourself-Literatur zur Verfügung, einfache und praktische Ratgeber, die den Studierenden rasch fit machen für seine bevorstehenden Aufgaben. Beliebt sind die Standardwerke „Schlösser verkaufen in drei Stunden" oder „Immobilienverkauf leicht gemacht" oder der Gedichtband „Eins, zwei, drei, sei kein Ei, lern Makelei!" Eine andere Methode, sich Grundkenntnisse anzueignen, bieten diverse Hörspieldisketten nach dem Vorbild der Sprachkurse. Mit ihrer Hilfe kann man rund um die Uhr diverse Verkaufsgespräche verfolgen, etwa wie einem Kunden der Ankauf einer kaputten Bohrinsel schmackhaft gemacht wird, oder wie der Makler seinem Hund beibringen kann, während einer Besichtigung die weniger attraktiven Bereiche einer Immobilie abzuriegeln. Weiters gibt es mittlerweile auch heitere Spiele im Internet, die dabei helfen sollen, sich die grundlegenden Verhaltensmuster eines erfolgreichen Immobilienmaklers anzueignen. In Anlehnung an das von der österreichischen Freiheitlichen Partei erfundene „Moschee-baba-Spiel" werden hier Käufer und Verkäufer abgeschossen, und bei jedem Treffer landet ein bestimmter Geldbetrag in der fiktiven Kassa des Maklers.

Wer sich mit diesen Methoden halbwegs fit gemacht hat, kann zwecks Vertiefung seiner Fertigkeiten dann auch noch ein einschlägiges Seminar besuchen. Anders als beispielsweise ein Semi-Finale, ein Semit oder eine Semmel hat ein Seminar fast immer den Zweck, den Seminarteilnehmern irgendetwas beizubringen. Das ist, wie bereits erwähnt, im Fall von potentiellen Immobilienmaklern nicht ganz einfach, weil sie sich nicht so leicht in eine Schablone pressen lassen wie beispielsweise Buchhalter-Anwärter, zu-Rauchfangkehrern-Auszubildende oder künftige Schafhirten. Der Seminarleiter hat es vielmehr mit einem bunt zusammen gewürfelten Haufen von modernen Raubrittern, gescheiterten Existenzen, Frühpensionisten oder Konkurs-Wiederholungstätern zu tun, die in der Immobilienbranche eine neue Herausforderung suchen.

Ich selbst besuche mein erstes einschlägiges Seminar, nachdem ich folgende Überlegungen angestellt habe: Es gibt nur einige wenige Branchen, in denen man wirklich gutes Geld verdienen kann, und zwar: Waffen, Prostitution, Drogen und Immobilien. Vor Waffen habe ich Angst, und auch mein Hund Lucy ist nicht schussfest. Für Prostitution bin ich zu alt und könnte bestenfalls die Position einer Puff-Oma anstreben. Eine Karriere durch Drogenhandel scheint mir moralisch verwerflich zu sein und ist für eine Frau auch überaus schwierig, schließlich sind die Größen in dem Gewerbe Drogenbarone und keine Drogenbaronessen. Es bleiben daher nur die Immobilien über, und nachdem für das Grundseminar lediglich zwei Tage vorgesehen sind, scheint mir der Aufwand zum Zwecke einer fundierten Berufsausbildung auch durchaus überschaubar.
Meine viel versprechenden Mit-Seminaristen sind ein spaßiges Sammelsurium aller Altersgruppen, diverser Nationalitäten und Geschlechtszugehörigkeiten zwischen „er", „sie" und auch „es". Es gibt mehrere Ex-Autoverkäufer, eine Ex-Billa-Kassiererin, einen ehemaligen Schönheitschirurgen, der gerade einen Kunstfehlerprozess am Hals hat, einen Ex-Transvestiten, der momentan eine geschlechtliche Umorientierungsphase durchmacht, zwei Ex-Sumo-Ringerinnen aus der ehemals propagierten SPÖ- Initiative „Frauen in typische Männerberufe", sowie mehrere nigerianische Asylwerber, die vom Arbeitsamt zu einer Umschulung hergeschickt wurden und kein Wort Deutsch sprechen. In ihren Papieren steht, dass sie eigentlich zu

Bauspenglern ausgebildet werden sollen, doch diese Kurse seien im Moment total ausgebucht.

Unser Seminarleiter ist ein hübsches Kerlchen, das unablässig gute Laune versprüht und uns zunächst erklärt, dass wir es in diesem Beruf zu Reichtum, Macht und Geld bringen könnten. Jeder einzelne von uns werde in naher Zukunft eine Villa mit integrierter Schwimmhalle sein eigen nennen und einen Ferrari in der Garage haben. Diese These akzeptieren zwei ehemalige Mazda-Verkäufer allerdings nicht ohne Widerspruch und wenden ein, dass die gesamte Autobranche „ziemlich im Eck" sei. Das einzige, was wirklich noch halbwegs gut laufe, sei das Billigmodell „Mazda-Allrounder", eine Kombination aus Kinderwagen, Kombi, Geländewagen, Fahrrad und Schlauchboot zum Fixpreis von 7000 Euro ohne Extras. Davon völlig unbeirrt führt unser Seminarleiter weiter aus, dass wir künftig Luxusgüter wie die obligate Rolex, das Cartier-Armband, das Gucci-Zickenköfferchen oder Kübel, gefüllt mit Beluga-Kaviar, aus der Portokasse zahlen würden. Und weiter, geradezu suggestiv: „Geld und Luxus sind nicht nur angenehm und bequem, sondern sie machen uns auch attraktiv. Jeder bewundert und liebt erfolgreiche Menschen, wie ihr es sein werdet." Und schließlich, mit einem eindringlichen Blick auf die zum Teil etwas ramponierten Ex-Sumo-Ringerinnen: „Mit Geld kann man auch Schönheitsoperationen machen lassen und so sein Ziel erreichen, endlich einen ebenfalls hübschen, erfolgreichen und attraktiven Partner zu finden!" Diese Worte lässt er genüsslich einsickern und macht eine bedeutungsvolle Pause.- Auch deshalb, weil der Ex-Schönheitschirurg in einen erschütternden Weinkrampf ausgebrochen ist, und von den auszubildenden nigerianischen Bauspenglern aus dem Saal getragen wird.

Danach geht das Seminarprogramm mit einem praktischen Teil weiter, der vermitteln soll, wie die vorher geschilderten paradiesischen Zustände zu erreichen sind. Abschnitt 1 befasst sich mit dem Problem, wie man einen Privatverkäufer davon überzeugt, einen Vermittlungsauftrag zu unterschreiben. Das hübsche Kerlchen schließt dafür den Gebrauch von Waffen kategorisch aus und verlangt, dass wir darauf sogar einen Eid schwören: Wir müssen uns dafür erheben und zu den Klängen von DJ Ötzis „Ein Stern, der deinen Namen trägt" unsere linke Hand auf das Knie des jeweils rechten Nachbarn legen. Dem Ex-Transvestiten gefällt das überhaupt nicht, er fühlt sich in seinen Rechten als vollwertige Frau beschnitten, wenn nicht sogar sexuell belästigt. Nach kurzer Diskussion darf er deshalb bei der Vereidigung sitzen bleiben und kann stattdessen schriftlich erklären, dass er bei Kundenbesuchen auf Waffengewalt verzichten würde. Abschnitt 2 umfasst vor allem den Themenkreis Besichtigung und Verkauf sowie das Fesseln, Knebeln und verbale Einschüchtern von potentiellen Interessenten. Dafür üben wir in Zweiergruppen, wobei den meisten Teilnehmern ein nigerianischer Asylwerber zugeteilt wird, weil der aufgrund mangelnder Sprachkenntnisse den geringsten Widerspruch erwarten lässt. „Weißer Mann nix gut", protestiert einer von ihnen, findet sich dann aber doch überraschend gut in seine Rolle als allein erziehende Mutter ein, die gerade ihren Säugling stillt, als sie überraschend Besuch von einer Ex-Billa-Kassiererin bekommt, die eigentlich Immobilienmaklerin ist.

Mit solchen und anderen heiteren Rollenspielen vergeht der Seminartag rasch und ohne weitere nennenswerte Zwischenfälle. Mit zwei dicken Verbänden an den Handgelenken kann am Ende auch der Ex-Schönheitschirurg wieder mitspielen und gewinnt gemeinsam mit einem Ex-Mazdaverkäufer den Tagespreis für die beste Darstellung eines am Ende doch einsichtigen Privatverkäufers, der einen Vermittlungsauftrag unterschreibt. Wir treffen einander alle als frischgebackene, bestens geschulte Immobilienmakler am üppigen Buffet ohne Beluga-Kaviar, dafür aber mit Schnitzel und Pommes. Jeder konnte davon überzeugt werden, dass in dieser Branche seine Zukunft liegt und damit der Schlüssel zu Reichtum, Macht und Geld. Man hat erste, wichtige Kontakte zu künftigen Geschäftspartnern geknüpft, die ersten

Verkaufsgespräche geführt und gelernt, was „du-wollen-kaufen-Haus" auf Swahili heißt. Damit ist die halbe Miete bereits bezahlt, und wir freuen uns auf das nächste, aufbauende Seminar, in dem wir lernen werden, wie man eine halbe Miete ausrechnet. Immer zielstrebig ein Schritt nach dem anderen.

Pool für den Leguan gesucht

Und dann ist er da, der Berufsalltag, und man findet schnell heraus, dass der Weg zum Erfolg ein steiniger ist und bedauerlicher Weise auch mit viel Arbeit verbunden. Die Stunden, Tage und Monate bis hin zu einem Verkaufserfolg schleppen sich dahin, und die einzigen Schmuckstücke, die man bisher verdient hat, sind die Ringe unter den Augen. Eine der dümmsten, sinnlosesten, undankbarsten, frustrierendsten und aussichtslosesten Tätigkeiten, denen ein Immobilienmakler nachgehen kann, ist die Suche nach einer passenden Immobilie für einen potentiellen Kunden. Wie das geht, weiß jeder aus der allseits beliebten Seifenoper „mieten, kaufen, wohnen", die allabendlich über den Bildschirm flimmert und für mindestens fünfzig Prozent der schweren gesundheitlichen Beeinträchtigungen wie Herzinfarkt oder Gallensteine oder Burnout der in der Immobilienbranche beschäftigten Menschen verantwortlich ist: Zuerst wird ein so genanntes „Suchprofil" erstellt, will heißen, der Kunde teilt mit, was ihm in etwa vorschwebt, und wie viel Kohle er dafür ausgeben kann oder will. Dies geschieht vorzugsweise in Schönheitssalons, Fitness -Studios oder während des Konzerts eines berühmten Rockstars, bei dem der Makler oder die Maklerin durch eine glückliche Fügung des Schicksals zufällig anwesend ist. Danach macht er sich via Internet auf die Suche und findet nach etwa zwanzig Sekunden und aufgrund der beschränkten Sendezeit exakt zwei Objekte, die dem Kundenwunsch halbwegs entsprechen könnten. Die Betonung liegt auf „halbwegs", weil es bei „mieten, kaufen, wohnen" immer eine Immobilie gibt, die eigentlich Kacke ist, damit sich die andere umso mehr als Volltreffer entpuppen kann. Guter Bulle, böser Bulle heißt diese Technik bei Verhören in ähnlich intelligenten Krimiserien.

Sobald dieses anstrengende und schweißtreibende „Marktstudium" erfolgt ist, schält sich der Makler oder die Maklerin in die neueste Diskokluft und die obligaten high-heels, steigt in das stets frisch gewaschene Cabrio und trifft den Suchinteressenten, um ihm seine hart erarbeiteten zwei Immobilienvorschläge zu präsentieren. Beide kosten von einer Million aufwärts, versteht sich von selbst, schließlich ist man ein Makler und kein Idiot. Danach erfolgen die Besichtigungen , immer begleitet von aus dem Leben gegriffenen persönlichen Abenteuern: Da ist die etwas zu straff geliftete Cousine dritten Grades von einem bekannten Berliner Puffbesitzer, die Gefallen findet am pomadeglänzenden Immobilienheini mit streifenloser Bräune aus Münz – Mallorca und sich deshalb bereits im Erdgeschoß die Kleider vom Leib reißen möchte. Oder die umgekehrte Story, bei der die Maklerin den Interessenten als Ziel der Begierde ins Auge fasst und mittels Charme und Raffinesse nicht nur einen mächtigen Geschäftsdeal landet, sondern darüber hinaus auch das Herz und die Unterleibsaktivitäten ihres Kunden für sich gewinnen kann. Spätestens an dieser Stelle werfe ich immer einen Blick auf meine abgeschundenen Adidas-Turnschuhe, in denen ich einige Stunden vorher auf einem Messi -Dachboden oder im Unterholz herumgekrochen bin, und fühle mich alt, müde, hässlich und überflüssig. Am Ende der Sendung steht dann immer die eine, alles entscheidende Frage: Nehmen sie Objekt A oder B? Und, hier sind wir dann wieder bei den Gallensteinen, der Kunde entscheidet sich tatsächlich, die Sektkorken knallen, der Abschluss wird gemacht, und die Kassa klingelt.

Soweit die Theorie in der Seifenoper, deren Erfinder mittlerweile unter Personenschutz steht, und der sich in der Immobilienbranche etwa genauso viele Freunde gemacht hat wie Salman Rushdie unter den fundamentalistischen Moslems. Die Realität ist nämlich grausam, mitleidlos, enervierend, mörderisch. Jeder halbwegs aktive Immobilienmakler bekommt pro Tag dutzende Anfragen von Menschen, die zu faul oder zu beschäftigt oder zu dumm oder zu bösartig sind, um selbst die Verkaufsinserate zu studieren. Diese Menschen heißen Suchinteressenten und fallen zu einem hohen Prozentsatz in jene Kategorie, die unser Land nur aufgrund seiner soliden Wirtschaftsbasis locker verkraften kann: Es sind Träumer, Phantasten, Kreative, Illusionisten, die im Zirkus keinen Job bekommen haben und deshalb ihre Lebenszeit mit der Vorstellung von einem besseren Morgen vergeuden. Und auch meine.

Von solchen Suchinteressenten bekommt man Anfragen zu lesen wie: „Nettes, junges Ehepaar sucht Haus mit Garten, geeignet für eine Familie mit sechs Kindern, drei Rottweilern, zwei Katzen und einem Leguan. Wir sind beide seit rund acht Jahren vorübergehend arbeitslos, aber dafür sehr nett und freundlich. Lage: Gute Gegend ohne Ausländer, maximal 10 km um Wien herum, sonnig und geräumig, absolute Einzel- und Ruhelage, beste Verkehrsanbindung und Infrastruktur erwünscht, womöglich auf Pacht oder Leibrente bis maximal 150 Euro. Mitarbeit im Haushalt von Seiten der Vermieter erwünscht, Förderungen erwünscht, Pool für den Leguan erwünscht." Und: fortgeschrittene Leser werden es bereits ahnen: „Bitte ohne Markler!", da offenbar die Mehrheit der Inserenten davon ausgeht, dass diese Berufsbezeichnung irgendetwas mit Marke, markieren oder Knochenmark zu tun hat.

Suchinteressenten werden einem meist von Bekannten geschickt, die einen aus irgendwelchen Gründen zutiefst hassen. Oder sie melden sich per Mail in der naiven Hoffnung, dass sich doch irgendein blutiger Anfänger dazu hinreißen lässt, sich mit ihren Immobilienwunschvorstellungen zu beschäftigen. Ein Paradebeispiel ist folgendes Mail, das ich eines Morgens in meinen Spams finde, weil es offenbar an sämtliche Immobilienbüros im europäischen Raum geschickt wurde: Ein Irrer sucht einen aufgeschlossenen Baugrund in Südlage, der eben sein soll und in Großstadtnähe liegt, und er nennt dann am Ende fünf Nobel-Orte, in denen er sein zukünftiges Domizil errichten möchte. Am Ende die Preisvorstellung und die Bitte, möglichst viele Besichtigungen an einem Tag zu arrangieren, wobei er, der Irre, vorher vom Zug in einem Vorort von Bukarest abgeholt werden möchte. Ich lese mit offenem Mund, zwischen Weinen und Lachen schwankend, werfe rasch eine Kautablette gegen die überschüssige Magensäure ein und bringe für eine Sekunde ein gewisses Verständnis für Amokläufer und Terroristen auf. Danach obsiegt aber sofort wieder die Professionalität, und ich erarbeite für den potentiellen Käufer zwei Angebote: 64m2 im schönen Weinort Pfaffstätten in praktischer und unmittelbarer Nähe des Abfallsammelzentrums; oder 67m2 unter einer Starkstromleitung im Kurort Baden, dort darf man allerdings nur campieren, nicht bauen.

Übertroffen wird dieser Albtraum aber noch von jenen, die sich mit billigen Mailvorschlägen nicht abspeisen lassen, weil sie möchten, dass man sich ihnen tatsächlich widmet, seine Zeit mit ihnen verschwendet, sein Nervenkostüm und seine psychische Unversehrtheit für sie zu Grabe trägt: Suchinteressenten, denen man begegnen muss, weil sie einen so lange und mit solcher Mitleidlosigkeit quälen, bis man einwilligt, weil einem ohnehin schon alles egal ist, und man immer häufiger ans Sterben denkt. Für diese Immobilientouristen sucht man irgendwann tatsächlich nach einer passenden Immobilie, weil wahrscheinlich jeder Mensch einen gewissen Überlebensinstinkt hat, und man genau weiß, dass das eigene Überleben davon abhängt, dass man diese Interessenten irgendwann loswird. Man kennt sie seit Jahren, trifft sie bei Besichtigungen von Reitbetrieben oder stillgelegten Kernkraftwerken genauso wie in Einzimmerwohnungen, sie möchten Würstelstände, Mehrfamilienhäuser, Ferienappartements, Villen, Seeliegenschaften , Berghütten, Weingüter und Abbruchobjekte sehen, egal wo, egal, wie groß, egal, um welchen Preis. Viele von ihnen kennt man so gut, dass man längst zum „Du" übergegangen ist, man weiß, was sie gerne essen, welche Automarke sie bevorzugen, oder ob sie einen oder zwei Löffel Zucker in ihren Kaffee schütten. Sie sind im Durchschnitt seit 13 bis 15 Jahren auf der Suche nach der passenden Immobilie, obwohl sie in Wahrheit gar nicht daran danken, ihre stinkige Erdgeschoß –Wohnung mit Klo am Gang und ohne Tageslicht jemals zu verlassen. Sie waren maßgeblich und ursächlich beteiligt am Freitod einiger Kollegen oder an deren Einweisung in eine Entzugsklinik oder eine staatliche Nervenheilanstalt. Und man weiß auch schon im Vorhinein, was sie sagen, nachdem man ihnen exakt das Objekt gezeigt hat, das in allen Punkten und ohne Wenn und Aber ihren augenblicklichen Suchwünschen entspricht: Sie erzählen einem, wie schön sie es dort haben, wo sie gerade wohnen. Sie fragen nach einem mehrwöchigen Besichtigungsmarathon durch alle Bundesländer, ob man nicht irgendwo heimlich ein „Schnäppchen" für sie wüsste. Und man darf sie weder schlagen, noch würgen, noch ihnen auf eine andere Art und Weise Gewalt antun. Weil man genau weiß, - man sieht sie in Kürze wieder.

Denkmalgeschütztes Liebhaberobjekt zu verkaufen

Spaßige und nervenaufreibende Gestalten trifft man aber nicht nur unter den so genannten Suchinteressenten, sondern auch unter den Abgebern einer Immobilie. Eine seltene, fast schon vom Aussterben bedrohte Spezies sind die Überkorrekten, die tatsächlich sagen, was Sache ist, und erst gar nicht versuchen, ihr in die Jahre gekommenes Häufchen Elend als etwas anderes zu verkaufen, als es ist. Wesentlich verbreiteter ist die Gruppe jener, die „tarnen und täuschen" praktiziert und darauf hofft, dass sowohl der Makler als auch die Interessenten mit Blindheit geschlagen sind. Bei ihnen wird die Wochenendhütte zum „Jagdschlösschen", der Schrebergarten zum eleganten Zweitwohnsitz und die fensterlose Erdgeschoßbude zum Keller-Loft. Noch spaßiger wird die Sache, wenn sogar die eigentliche Zweckbestimmung einer Immobilie verfremdet wird.

Ein Privatverkäufer inseriert ein Privathaus, situiert in einer der hässlichsten sechsspurigen Durchzugstraßen von Wien, wo sich für gewöhnlich nur Reifenhändler, Abfallsammler und Liebhaber von vergammelten Autowracks sowie Damen des Horizontalgewerbes niederlassen, um ihre dubiosen Geschäfte zu betreiben. In der Anzeige werden diese Umstände etwas beschönigt, da er schreibt: „Wahrscheinlich denkmalgeschütztes Liebhaberobjekt zu verkaufen, beste Verkehrsanbindung, interessante Nachbarschaft, kleine Bastlerarbeiten nötig, private und gewerbliche Nutzung möglich." Ich finde das viel versprechend, man könnte hier vielleicht ein Obdachlosenheim errichten, und rufe unter der angegebenen Telefonnummer an.
 Nach nur dreimaligem Läuten und fünfmaligem Husten und Räuspern meldet sich eine Marlboro-geschwängerte Frauenstimme, und ich tippe sofort auf ein Bronchialkarzinom im Anfangsstadium: „Ja, mein Süßer", sagt die Marlboro-Frau, „was kann ich tun für dich, was soll ich mit dir machen?" Ich bin zunächst perplex, antworte aber geistesgegenwärtig, dass

ich wegen dem denkmalgeschützten Liebhaberobjekt anrufe. „Super, mein Süßer", krächzt die Marlboro-Frau, „ich bin gerne dein Lieblingsobjekt. Allein von deiner Stimme bin ich schon ganz heiß!" Darauf ich: „Das ist ein Irrtum, gnädige Frau. Ich wollte mich nur erkundigen wegen der guten Verkehrsanbindung, und welche kleinen Reparaturarbeiten nötig sind."„Hast du einen Hammer und einen anständigen Nagel, Süßer?", fragt die Frau, „dann geht das mit der Verkehrsanbindung sofort in Ordnung, komm einfach vorbei, und wir hämmern gemeinsam los." Danach knackt es in der Leitung, und zunächst ist Pause.
Es meldet sich jetzt ein Mann mit der Stimme eines verstopften Auspuffs, der wissen möchte, was ich von ihm will, und ob ich von der Polizei bin, und, wenn nicht, ob ich ein paar Watschn möchte, weil zu dieser Tageszeit braucht bei der Lili keiner anrufen und schon gar nicht gratis. Ich entschuldige mich höflich für meine nackte Existenz, erkläre dem Auspuff, dass ich seine Liegenschaft besichtigen möchte, und wir vereinbaren einen Termin vor Ort beim wahrscheinlich denkmalgeschützten Liebhaberobjekt.

Der Weg dorthin ist steinig und mühselig, auch deshalb, weil die Dame in meinem Navigationsgerät offenbar in der Menopause ist und bei der Wegbeschreibung eine gewisse Sturheit an den Tag legt. „Sie haben ihr Ziel erreicht", behauptet sie mehrmals, obwohl weit und breit kein Liebhaberobjekt in Sicht ist. Also fahre ich weiter, bis sie mich scharf ermahnt: „Womöglich bitte wenden!" Auch auf der anderen Seite der guten Verkehrsanbindung kann ich zwar die interessante Nachbarschaft entdecken, finde aber keine Spur menschlicher Existenz zwischen den Reifenlagerplätzen, Autowracks und Müllhalden. Schon habe ich den Eindruck, eine gewisse Ungeduld in der Feststellung „sie haben ihr Ziel erreicht" zu hören, da entdecke ich ein barackenähnliches Gebäude aus der Zwischenkriegszeit, welches fröhliche Menschen mit bunt blinkenden Lichterketten geschmückt haben. Ich parke davor und begebe mich mit wachsendem Unbehagen in Richtung einer Leuchtreklame, die eine gut gewachsene weibliche Person zeigt, die relativ unlustig an einer Banane lutscht, wahrscheinlich, weil sie keinen Hunger hat. Vor der Eingangstür liegt ein Pitbull und blinzelt mir aus kleinen, boshaften Schweinsaugen entgegen. Ich liebe Hunde und auch alle anderen Tiere, allerdings nur in der Sendung „Universum" und nicht, wenn sie mir mit unüberhörbarem Knurren den Eingang versperren. Als Maklerin weiß ich mir aber zu helfen, schnappe mir einen größeren Kieselstein und werfe ihn mit dem viel versprechenden Kommando „such, Hasso!" über die doppelte Leitplanke, die die gute Verkehrsanbindung begrenzt.

Während hinter mir das Geräusch von berstenden Knochen, Scheinwerfern und Kotflügeln zu hören ist, kommt ein Fleischberg von einem Mann aus dem Haus, dessen Körper zum Großteil von schwarzen, grünen, blauen und roten Zeichnungen verunstaltet ist und aussieht wie ein Gemälde von Ludwig Attersee nach dem Genuss schwerst halluzinogener Drogen. Er stellt sich als „Karl" vor, ich erkenne aber sofort, dass es sich um den Auspuff handelt. Hinter ihm torkelt ein Schwein in Tüll, die Marlboro- Frau, heraus, offenbar auf der Suche nach Wotan, ihrem Pitbull. „Kummans weida!" sagt der Auspuff, der daran gewöhnt sein dürfte, Frauen herumzukommandieren. Wir betreten das wahrscheinlich denkmalgeschützte Liebhaberobjekt unter der weiblichen Person mit der Banane und stehen in einer schummrigen Bar, die anheimelnd nach kaltem Rauch, altem Fett und seit längerer Zeit totem Fisch riecht. Auf einem Barhocker räkelt sich eine enorm fette Blondine im Supermini, deren etwas verwittertes Antlitz in mir sofort die Assoziation mit der Wetterseite der Rosenburg hervorruft, offenbar handelt es sich um die Großmutter der Marlboro-Frau. Weiter geht es durch ein nicht minder unzureichend beleuchtetes Treppenhaus in einen Raum, der benützt wird, um darin mittelalterliche Waffen aufzubewahren: An den Wänden hängen Peitschen, Fliegenklatschen, Handschellen und Zorro-Masken, und über einen taiwanesischen Paravent baumeln seltsame Gewandungen aus Lack und Leder in den Größen

XL und XXL, letztere wahrscheinlich für die Großmutter der Marlboro-Frau. Der Auspuff nennt das das „Spielzimmer", wobei ich mir nicht vorstellen kann, dass diese Umgebung bei den Kindern potentieller Käufer ankommen wird. Ich bringe diesen Einwand, und der Auspuff führt mich weiter in eine Art Badezimmer für Behinderte, in dem die Badewanne im Boden versenkt wurde, damit die Behinderten nicht über eine Schwelle stolpern und ertrinken. Überall sind Spiegel angebracht, damit man sich selbst dabei zusehen kann, wie man Pickel ausdrückt oder sich die Achselhaare rasiert. Und in einer Ecke steht die Büste einer Adipositas-Patientin, um die Behinderten zu ermahnen, nicht zuviel zu essen.

Nach einem weiteren „Kummans weida!" durchquere ich mit dem Auspuff den Innenhof, vorbei an der bereits leicht echauffierten Marlboro-Frau, die sich mit Leckerlis bewaffnet hat, mit denen sie wild durch die Luft fuchtelt und „Wotan, Wotan!" schreit.. „Deppates Hundsviech", grunzt der Auspuff und führt mich zum Highlight des wahrscheinlich denkmalgeschützten Liebhaberobjekts, einer Art Heimkino, das man allerdings nur durch Gucklöcher verfolgen kann. Hier haben einige Gäste Position bezogen und lugen durch die Sehschlitze, während drinnen die im Badezimmer verewigte Adipositas-Patientin einen Fruchtbarkeitstanz aufführt. „Wie nennen sie diesen Raum?", frage ich höflich, „Kreativraum, Tanz-Therapieraum, Schule des Sehens oder vielleicht Senioren-Turnraum?" Der Auspuff schaut mich an wie ein Wesen von einem anderen Stern, ballt kurz die Faust, macht sie dann aber wieder auf und sagt: „Kummans weida!"

Wir verabschieden uns herzlich, und ich verspreche, ein Schätzgutachten für das wahrscheinlich denkmalgeschützte Liebhaberobjekt zu verfassen, natürlich unter Berücksichtigung seiner vielfältigen Nutzungsmöglichkeiten. Die Marlboro-Frau muss ich links liegen lassen, weil sie auf allen Vieren durch das Unterholz kriecht und dabei einen Kauknochen zwischen ihren Kukident - Brücken eingeklemmt hat. Sehr ärgerlich stelle ich fest, dass sich auf der guten

Verkehrsanbindung ein massiver Stau gebildet hat, weil irgendein entlaufener Hund einen Sattelschlepper mit Anhänger gerammt hat, der mit Saisonobst aus Tschernobyl beladen war. Die Folge ist eine Evakuierung der ansässigen Bevölkerung und Alarmbereitschaft für den gesamten Wiener Luftraum. Ich warte also ab und folge den Anweisungen der Menopausen- Frau in meinem Navigationsgerät, die sagt: „Womöglich bitte wenden."

Wohnung mit Gloriette-Blick

Als Immobilienmakler hat man, unter anderem, ein großes Problem, das Verkäufer anderer Produkte nicht haben: Wir müssen den Schrott, den wir später verklopfen möchten, erst einmal bekommen, im Fachjargon „einkaufen". Denn anders als offenbar häufig angenommen, gehört uns nicht, was wir anbieten, sondern wir sind lediglich die Vermittler. Deshalb erheitert es mich auch immer wieder, wenn Privatverkäufer in ihren Inseraten beteuern:" Wir verkaufen nur privat, nicht an Markler!", und das Antwortfeld geradezu danach schreit, mit den Sätzen belegt zu werden: „ Erstens: Lernen sie rechtschreiben. Es heißt Makler und nicht Markler. Und zweitens: Wie kommen sie auf die Idee, dass irgendein Makler diese baufällige Hütte um diesen absurden Preis kaufen möchte?" Das Einkaufen ist jedenfalls mindestens ebenso schwierig wie das Verkaufen, zumal praktisch jeder stolze Immobilienbesitzer davon überzeugt ist, einen besonderen Schatz zu haben, auf den die ganze Welt wartet und auch bereit ist, dafür zu bezahlen. Der Einwand vom Sachwert oder Marktwert oder Vergleichswert wird abgetan mit dem Hinweis auf den wunderbaren, jeder Sprengung widerstehenden Wandverbau, gehalten in kostbarer Eiche antik, den ein dazumal weltbekannter Tischler aus Oberstinkenbrunn in mindestens hundert Arbeitsstunden gezimmert hätte. Oder auf die sündteure „Pool-Oase" Marke Hornbach, die man im Frühjahr aufpumpt und im Winter, mit einem Plastik-Verhüteli umhüllt, im „Gartenpavillon" lagert, sofern man nicht auch den zerlegen und in einem Billa-Sackerl schneesicher verstauen kann.

Man argumentiert mit den Unsummen, die man vor einigen Jahrzehnten selbst investiert hat, und sitzt dabei einer Fehleinschätzung auf, die einem beim eigenen Auto nie passieren würde. Hier weiß man, dass das Fahrzeug mit jedem Jahr und jedem Kilometer und jeder Nachlackierung einer Beule an Wert verliert. Beim Haus dagegen wird stolz auf die ständigen Umbau-, Zubau- und Ausbauarbeiten hingewiesen, und mit wehmütigem Blick wird daran erinnert, dass die Bahn im Jahr der Errichtung in Gleisnähe nur dreimal pro Tag vorbeigekommen sei. Jeder glaubt an sein ganz persönliches Kleinod und daran, dass auch andere das schätzen und erkennen können. Und wenn nicht auf den ersten, dann eben auf den zweiten Blick.

Diese verblüffenden Erkenntnisse sollten auch bestätigt werden, als ich mich für eine Kundin auf die Suche nach einer Eigentumswohnung im Nobelbezirk Hietzing mache, bei der es in erster Linie um eine ausgezeichnete Lage gehen soll. Im Privatinserat ist von einer erfolgten Generalsanierung die Rede, von hellen und großzügigen Räumen, einem Luxusbad mit Dusche, massenhaft Stauraum und –vor allem- vom „Gloriette-Blick", mit dem das Inserat auch übertitelt ist. Für unsere deutschen Nachbarn, denen Ösi-Land nicht wirklich vertraut ist: Die Gloriette war so ungefähr der Hornbach-Pavillon des Kaisers und liegt auf einer Anhöhe im Schlosspark Schönbrunn, der wiederum so ungefähr der Schrebergarten des Kaisers war. Ausgezeichnete Lage also, wie gewünscht, eine fast kaiserliche Residenz für meine potentielle Kundin, vor allem, was den Kaufpreis betrifft. Etwas weniger repräsentabel präsentiert sich das Wohnhaus, in dem sich das Schmuckstück verbergen soll: Der Verputz, sofern noch vorhanden, trägt schlichtes abgasgrau, im Bodenbereich aufgelockert durch grüne Schimmelflecken, die einen intensiven Modergeruch ausströmen. Ich erinnere mich daran, dass es Menschen geben soll, die das Understatement lieben und Prunk und Protz als profan ablehnen. Ihnen würde auch das Stiegenhaus gefallen, wo man die Elektrik irgendwann freigelegt hat, wohl damit sich jeder von der soliden Beschaffenheit der Steigleitungen überzeugen kann, die an manchen Stellen farbenfroh mit blitzblauem Isolierband umwickelt sind. Auch das finde ich nicht beängstigend, zumindest weniger beängstigend als Gemälde von Hermann Nitsch oder den atomaren Zwischenfall in Fokushima. Ich klammere mich daher voll freudiger Erwartung weiterer architektonischer und stilistischer Höhepunkte an das mobile Treppengeländer und steige hinauf. Und hinauf. Und hinauf.

Im fünften und letzten Stock ohne Lift steht eine mittelalterliche Hexe ohne Besen, dafür aber mit Lockenwicklern und Haarnetz und einer Katze an ihrer Seite, deren Bauch den Boden berührt, weil sie offenbar keine Beine hat. „Wer san se?", sagt sie in einer mir unbekannten Sprache. Aber weil ich intelligent bin, verstehe ich die Frage und gebe unumwunden zu, die Maklerin zu sein, die sie erwartet, zumal ich mir nicht vorstellen kann, dass in den letzten dreißig Jahren irgendjemand außer mir freiwillig bis zu diesem Stockwerk vorgedrungen ist. Die Hexe öffnet mir die Reste ihrer Wohnungstür, und die beinlose Katze verschwindet in einem dunklen Gewölbe, das ich, nachdem sich meine Augen an die Dunkelheit gewöhnt haben, als eine Art Küchenvorzimmer mit Duschgelegenheit identifiziere. „Das also ist der Küchenbereich", stelle ich tiefsinnig fest, „sehr schön. Hier machen sie sich und ihrem Gatten also etwas Gutes zum Essen?" „Na", sagt die Hexe mit wachsender Fröhlichkeit in der Stimme, „Mau hobi kan, den haums ma zaumgfiat in de Siebzger, mit an Autobus. Oba mir kochi wos." „Oh mein Gott," sage ich, ehrliches Mitgefühl heuchelnd. „Was haben sie denn dann gemacht, nach dem Busunglück?" Die Hexe schaut mich an, als spräche sie mit einer Unzurechnungsfähigen. „No umgstiegn sans, de Leit, und mit da Strossnbaun sans weida gfoarn. Wos sunst?" Neben dem Zweiplattenherd ist ein Waschtisch und dahinter eine Plastikduschkabine mit Sitzhocker, praktisch und Platz sparend zugleich. Wir dringen weiter vor in die Dunkelheit, was nicht ganz einfach ist, weil die dicke Katze ohne Beine überall ihren Unrat hinterlassen hat, teils frisch, teils in bereits mumifiziertem Zustand. Hinter dem Küchenvorzimmer mit Duschgelegenheit gibt es einen Wohnschlafesszimmerabstellraum mit Fernseher, automatisch verstellbarem Relaxsessel in kackbraun, Couchtisch und dem Klo der beinlosen Katze. „Sehr schön", sage ich wieder. „Das ist also der Wohnbereich, sehr gemütlich." „Jo", sagt die

Hexe, „do duri schlofn, und do duri fernschaun, konn ollas bleim, weu i geh sowieso ins Heim, und do gibt´s eh an Fernsea."

Langsam aber beharrlich kriecht das nackte Entsetzen in mir hoch, verstärkt durch die Tatsache, dass sich der riesige Bauch der Katze in meine Richtung schiebt, und ich nicht weiß, wie und wohin ich ihr entkommen soll. Ich versuche, ruhig durchzuatmen, was beim Geruch der Katzenpisse die Situation nur noch verschlimmert. Ich rufe mir in Erinnerung, dass es bei dieser Immobilie ohnehin nur auf die Lage ankommt, alles andere kann man vielleicht sanieren, indem man Böden, Wände, Heizung, Installationen oder vielleicht das ganze Haus wegreißt. „Ich habe da noch eine Frage", sage ich, „wo ist denn jetzt der Gloriette-Blick?"
Die Augen der Hexe flackern auf, ihre Stunde ist gekommen. Sie öffnet in stummer, fast feierlicher Vorfreude eine Tür und gibt den Blick frei auf eine Toilette, in der der Klobesen noch nie benützt wurde und scheinbar ausschließlich dem Zweck dient, dem Benützer Gesellschaft zu leisten. „Do miassns aufgreun, und daun kennans ausn Fensta schaun. Des Zipferl dohinten, des Meierl, des do segn, des ist de Gloriette."

Was soll man dem hinzufügen? Meine Interessentin war zickig und pingelig und wollte die Wohnung nicht kaufen. Die Hexe ist ins Heim gegangen und ebenso die beinlose Katze. Und ich bin, wie so oft, um keinen Cent reicher geworden.

Versteckte oder weniger versteckte Mängel

Als Makler ist man fast immer Doppelmakler. Das hat nichts damit zu tun, dass man vielleicht von alkoholisierten Kunden doppelt gesehen wird oder selbst einen Doppler im Auto hat. Sondern mit dem Umstand, dass der Makler einerseits für den Abgeber-, und andererseits für den Käufer tätig ist, und im selten eintretenden Idealfall auch von beiden dafür bezahlt wird. Der Weg, auf dem man sich zwischen diesen beiden oft recht unterschiedlichen Interessenslagen durchlaviert, gleicht einem Drahtseilakt ohne Netz und doppeltem Boden. Agiert man nur im Sinne des Verkäufers, muss man etwaige Mängel und Nachteile seiner Immobilie „schönreden" oder sogar vor dem Interessenten verheimlichen. Das ist nicht immer ganz leicht, denn aus einer buckligen Alten lässt sich nur sehr schwer Prinzessin Tausendschön machen. Und da im Nachhinein doch sämtliche Falten und Runzeln ans Licht kommen, bestärkt man durch Täuschungsmanöver nur zusätzlich das weit verbreitete Vorurteil, dass alle Makler Betrüger seien. Zerrupft man dagegen eine Immobilie im Interesse des Käufers in sämtliche Einzelteile, etwa indem man mit dem Feuchtigkeitsmessgerät durch die Gegend rennt und jeden Dachziegel einzeln umdreht, wird das den Zorn des Abgebers erwecken, und man wird mit hoher Wahrscheinlichkeit von ihm mit dem Auto überfahren werden. Es bestätigt sich hier die alte Tatsache: Wie man es macht, macht man es falsch.

Wären alle Personen, die eine Immobilie entweder verkaufen oder kaufen möchten, erwachsene, zurechnungsfähige und vernünftige Menschen, würden sie folgende, nicht allzu komplizierte Gleichung verstehen: Gutes Objekt zu gutem Preis= verkaufen plus kassieren. Schlechtes Objekt zu schlechtem Preis= behalten plus weiter vergammeln lassen. Jedes Haus, jeder abbruchreife Stadel, jeder Saustall und jede noch so schäbige Hundehütte sind verkäuflich und werden einen dankbaren Abnehmer finden, wenn der Preis dafür stimmt. Auf dieser Basis könnten alle Beteiligten offen und unbewaffnet miteinander reden, und am Ende einer Transaktion wären alle zufrieden und glücklich. Die Realität sieht aber leider ganz anders aus: Denn anders als der Makler, der um seine Sicherheit besorgt sein muss und auch nicht ständig den Wohnsitz wechseln möchte, kann ein Verkäufer davon ausgehen, dass die Sache für ihn erledigt ist, sobald alle nötigen Unterschriften unter dem Vertrag stehen. Und dort steht, auf das Wesentliche reduziert: Besichtigt, Probegefahren, akzeptiert und gekauft. Er wird daher alles tun, um seine Immobilie, über die er sich vielleicht jahrzehntelang geärgert hat, die ihn Zeit, Nerven, Geld, seine Ehe und seine Gesundheit gekostet hat, in einem schmeichelhaften Licht erscheinen zu lassen. Er wird sie lobpreisen und lieben, ihre kleinen Fältchen kaschieren, sie schmücken und schminken, so gut es nur irgendwie geht. Und sich danach möglichst rasch und unauffällig ins benachbarte Ausland absetzen.

Ein besonders krasses Beispiel für eine solche, an Unverschämtheit grenzende Kühnheit treffe ich in Gestalt eines pensionierten Teppichhändlers, Kaufmann vom Scheitel bis zur Sohle, der mir sein vor vier Jahrzehnten erstandenes Reihenhaus als Vermittlungsobjekt überlassen möchte. Die Anlage „Grünes Paradies" wurde anno dazumal in einer ruhigen Gegend am Wiener Stadtrand errichtet, Zielgruppe waren betuchte Kunden, die ein großes Freizeitangebot mit möglichst wenig eigenem Arbeitseinsatz verbinden möchten. Sprich: Gemeinsame Benützung eines Swimming-Pools, einer Saunaanlage und eines Tennisplatzes ausschließlich durch die elitären Anrainer des „Grünen Paradieses", sowie horrende Betriebskosten für eine dementsprechende Instandhaltung. Mein Teppichhändler geht- offenbar berufsbedingt - davon aus, dass manche Dinge umso wertvoller werden, je mehr Jahre sie auf dem Buckel haben, und hat in seinem Inserat auch eine paradiesische Preisvorstellung für sein Objekt genannt.

Er empfängt mich mit breitem Grinsen und dem überschwänglichen Ausruf: „Willkommen in unserem grünen Paradies!" Das besteht allem Anschein nach aus einem rosafarbigen Bungalow, der auf den ersten Blick etwas schief in der Landschaft steht. Und zwar nicht etwa im Sinn von „schräg" oder „asymmetrisch", sondern im Sinn von links höher und rechts tiefer. An der geologischen Grenze dazwischen verläuft ein tiefer Riss, der mit grüner Farbe übermalt wurde und eine Efeuranke darstellen soll. Die Schimmelstellen an der Fassade sind die Blätter, das klaffende Loch im Fundament wahrscheinlich die Wurzel. Auch das Innenleben des schrägen Hauses dürfte geologisch unruhige Zeiten hinter sich gebracht haben: Bei sämtlichen Möbelstücken wurde die jeweils rechte Seite im Nachhinein verlängert, sodass man den Eindruck gewinnt, als würden Kästen, Stühle, Tische und Vitrinen rechts orthopädische Einlagen tragen oder auf Krücken stehen. Wo diese Stehhilfen nicht angebracht sind, denkt man an einen Wartsaal für Patienten, die auf ihre künstlichen Hüftimplantate warten. Oder an eine fundamentalistische Bewegung, die einen Gegenpol zur muslimischen Glaubensgemeinschaft bilden will: Es neigt sich nämlich alles in stiller Eintracht nach Westen.

Eine weitere Sonderbarkeit besteht darin, dass sämtliche Ziergegenstände im Haus wie Vasen, Nippes, gerahmte Fotos und auch die Bilder an den Wänden angedübelt und felsenfest angeschraubt sind. Warum das so ist, wird mir klar, als wir den rechten Teil des schiefen Bungalows betreten: Der ist nämlich um gut vierzig Zentimeter abgesackt und dadurch im wahrsten Sinn des Wortes „schräg" anzusehen: Man könnte hier eine Indoor-Schipiste oder eine kurze Rodelbahn einbauen , ebenso wäre der Raum ideal für Menschen mit Beingips, die ihr Bein ständig hoch lagern müssen. Dass die angepriesenen „verschiedensten Freizeitaktivitäten" des „Grünen Paradieses" so vielfältig sein würden, hätte ich mir in meinen kühnsten Träumen nicht vorgestellt. Ich frage den Teppichhändler nach den Ursachen dieses doch auffälligen West-Ost-Gefälles, und

er erklärt mir, dass sich der „geringfügige Niveauunterschied" im Laufe der Jahre ergeben hätte, man würde ihn aber gar nicht mehr bemerken, wenn man hier wohne, weil.....
An dieser Stelle werden seine Worte unverständlich, er sieht plötzlich aus wie ein Fisch, der das Maul zum Luftschnappen geräuschlos auf- und zumacht. Draußen fährt nämlich ein Zug vorbei, und sämtliche Möbelstücke inklusive ihrer orthopädischen Beinverlängerungen beginnen lautstark zu vibrieren. Nachdem das Getöse vorbei ist, setzt der Teppichhändler seinen Vortrag unbeirrt fort: „...das ist genauso wie mit dem Zug, - mit der Zeit hört man ihn nicht mehr, und es hat ja auch viele Vorteile." Ich frage natürlich nach diesen Vorteilen, die ich später auch etwaigen Interessenten schildern möchte. „Man braucht zum Beispiel nicht weit zu gehen, wenn man in der Früh ins Büro fahren möchte", erklärt der Teppichhändler, „der Zug hält genau vor dem Badezimmerfenster". Und das Zimmer „mit leichtem Niveauunterschied" sei ein Hit für die Kinder gewesen, die hätten dort ihre Matchbox-Autos gegen die Wand krachen lassen und konnten auch besonders lustig mit ihrer Oma spielen, die an den Rollstuhl gefesselt war.
Da ich mir im klaren darüber bin, dass praktisch jedes ältere Haus den einen oder anderen kleinen Baumangel oder Schönheitsfehler aufweist, stoße ich hier nicht weiter in etwaige offene Wunden und schlage vor, die Besichtigung des „Grünen Paradieses" bei den vielseitigen Freizeitaktivitäten der äußeren Anlagen fortzusetzen. Der Teppichhändler hilft mir mit einer Art Bergstock aus, mit dem ich den schrägen Ortsteil des Hauses wieder verlassen kann. Über die Bahngleise, die an ihren Rändern mit vielen bunten Steinkreuzen, Marienbildnissen und Fotos verschiedener überrollter Menschen geschmückt sind, gelangen wir zum Tennisplatz, dem man im Nachhinein den klangvollen Namen „Oase Teneriffa" gegeben hat. Weil ich schon auf Teneriffa war, wird mir auch sofort klar, warum: Es gibt dort nämlich einen Vulkan, der seine gesamte Umgebung mit einer hässlichen, stinkenden, unfruchtbaren Brühe überspült hat. Im Grunde sieht es dort- und auf diesem Tennisplatz aus, als hätte

sich die Erde geöffnet und eine halbverdaute Portion Linsen mit Speck auf den Boden gekotzt. „Das kommt vom Zementwerk", erklärt mir den Teppichhändler, noch ehe ich danach gefragt habe. Man habe es hier in den siebziger Jahren eröffnet, und seitdem sei die Luft mit vielen wertvollen Mineralien und Spurenelementen angereichert, ähnlich wie das gesunde „Actimel" aus der Werbung. Deshalb sei auch das nachfolgende Pflanzensterben im „Grünen Paradies" nicht wirklich ein Problem gewesen. Nach einigen Regenfällen habe sich der Boden quasi selber betoniert, ohne jegliche Zusatzkosten für die Allgemeinheit oder Auswirkungen auf die Betriebskosten. Umgeben werden die fossilen Reste des Tennisplatzes von einem riesigen Rattenkäfig, der die angrenzenden Bungalows vor vorbeischwirrenden Tennisball-Geschossen schützen soll. „Allerdings", räumt der Teppichhändler ein, „hat hier 1976 das letzte Mal jemand gespielt. Das hat den großen Vorteil, dass man nicht lange im Voraus reservieren muss."

Wir beschließen unseren Rundgang mit einem weiteren Hürdenlauf über die Gleise, hinüber zur ehemaligen Schwimmhalle. Diese wurde im Lauf der Zeit zu einer Art Biotop unfunktioniert, mit dessen Inhalt sich aber auch einige findige Querdenker aus der Umgebung die Tanks ihrer Automobile füllen. Weiters erklärt mir der Teppichhändler, dass auch das österreichische Bundesheer, Sonderabteilung biologische Massenvernichtungswaffen, hier eine kleine Forschungsstelle betreibe. Tiere gebe es keine mehr im Biotop und auch sonst nicht im „Grünen Paradies", wodurch sich die lästigen Streitereien über zurückgelassene Hundehäufchen erübrigen würden. In den achtziger Jahren habe ein Kind die mumifizierten Reste einer im Beton eingeschlossenen französischen Bulldogge ausgegraben, diese seien aber, genau wie das letzte Kind in dieser Anlage, auf unerklärliche Weise während eines Tennisspiels verschwunden. „Quasi wie vom Erdboden verschluckt, und das war´s dann. - Hat aber den Vorteil, dass es jetzt ruhiger bei uns ist, ohne Kinder, weil...",-

und jetzt fängt das Vibrieren und Lippenlesen wieder an-, „den Zug hört man ja mit der Zeit überhaupt nicht mehr."

Für mich war's das auch an diesem Tag, den ich mit vielen neuen Eindrücken und dem schriftlichen Auftrag beschließe, das schräge Haus im „Grünen Paradies" um rund 700.000 Euro Verhandlungsbasis an einen Naturliebhaber zu verkaufen. Mir ist klar, dass in meiner Beschreibung auch bestimmte Nachteile genannt werden müssen: Etwa dass die Schrankenanlagen vor den Badezimmerfenstern besser gekennzeichnet werden könnten, dass die Ausgabe der Atemschutzmasken im Clubhaus der „Oase Teneriffa" ziemlich nachlässig gehandhabt wird, oder dass der Ostteil des Bungalows in einigen Jahren gleichzeitig auch der Keller sein wird. Wichtig ist nur, solche kleinen Mängel weder zu dramatisieren, noch sie zu verschweigen. Ein Balanceakt ohne Netz oder doppeltem Boden eben.

**Telefon-Kontakte oder
Gott schütze Österreich!**

Wie gesagt: Eine ganz entscheidende Rolle bei der Tätigkeit eines erfolgreichen Immobilienmaklers spielt die Frage, ob er in der Lage ist, vernünftige und verkaufbare Objekte zu akquirieren. Der Anfänger übt sich dabei im Familienkreis, indem er zunächst die eigene Wohnung, und weiterführend ungefragt die Behausungen sämtlicher Verwandten und Freunde verkauft oder vermietet. Je nachdem, wie viele Obdachlose er danach in der Caritas-Suppenküche wieder findet, kann er behaupten, ein guter oder ein schlechter Makler zu sein. Unterstützend wirkt sich auch der Besuch einschlägiger Seminare aus, bei denen in heiteren Rollenspielen die so genannten „Telefon-Kaltkontakte" geübt werden.

 Es geht dabei darum, einen ahnungslosen Privatverkäufer davon zu überzeugen, welche dramatischen Auswirkungen das Ansinnen haben kann, aus eigener Kraft einen Käufer oder Mieter zu finden. Hier ist vor allem Kreativität gefragt. Man beginnt am besten, indem man Wörter wie „Mietnomaden", „Trickbetrüger", oder „per internationalem Haftbefehl gesuchte Immobilienspekulanten" fallen lässt. Zeigt der Angerufene danach bereits erste Anzeichen von Hysterie in der Stimme, fährt man fort, indem man das Szenario eines Privatkonkurses mit nachfolgender Scheidung und Verlust des Sorgerechts für die Kinder heraufbeschwört. Danach muss man meistens eine kurze Pause einlegen, damit sich der Gesprächspartner übergeben kann, sein Schluchzen wieder in den Griff bekommt oder einen dreistöckigen Wodka inhaliert. Ist das geschehen, erfolgt der Todesstoß, man warnt ihn in aller Deutlichkeit vor psychosomatischen Erkrankungen wie Krebs, Herzinfarkt, Kreislaufkollaps oder Hunger- und Erfrierungstod.

 Für die meisten reicht das als erste Aufbereitung, sodass man allmählich zu Phase 2 übergehen kann, nämlich der Erklärung, warum man bereit ist, ihn zu retten. Einleitung sollte hier der

Hinweis auf die so genannte „Datenbank" sein, in der tausende Suchinteressenten gespeichert sind, die nur darauf warten, die grausliche Kaschemme des Angerufenen zu einem heillos überteuerten Preis zu kaufen. Man kann dabei förmlich durch die Telefonleitung hören, wie am anderen Ende ein Funken Hoffnung aufkeimt, wie Messer zur Seite gelegt werden oder der Tablettencocktail im Abfluss landet. Allerdings ist jetzt zu befürchten, dass wieder Übermut aufkommt, und Einwände gebracht werden wie: „Sie sind schon der 20. Makler, der anruft", oder „Provision will ich aber keine zahlen", oder „unterschreiben tu ich nichts!" Auch darauf muss der findige Makler die passende Antwort vorbereitet haben, im Fachjargon „Einwandbehebung" genannt. Will heißen, dass man dem Gesprächspartner klarmachen muss, dass alle Mitbewerber berüchtigte Verbrecher sind, dass man ohne entsprechende Provision keinen Finger krumm macht, und dass der wahre Weg zum Heil ausschließlich über einen Alleinvermittlungsvertrag über den Zeitraum von zehn Jahren führt. Ziel ist immer, und das wird einem in den Seminaren geradezu eingeprügelt, der Termin vor Ort. Hat man erst einmal seinen Fuß in der Tür, ist der Vertrag so gut wie in der Tasche, weil man dann zur Not auch Waffengewalt einsetzen kann, oder einen Nervenzusammenbruch vortäuschen, oder einen Beischlaf in Aussicht stellen, oder das Kind des Privatverkäufers kidnappen.

Nach der Theorie jener, die Trainingsseminare für Immobilienmakler veranstalten, läuft ein Telefongespräch zwischen Makler und Privatverkäufer immer nach einem bestimmten Schema ab, auf das man sich bestens vorbereiten kann. Oder aber ganz anders, wie nachfolgendes Beispiel aus meiner Anfängerzeit zeigt.

Ich, überaus freundlich:
„Guten Tag. Sie haben da ein Immobilieninserat in der Zeitung. Ist das noch aktuell?"

Privatverkäufer, männlich, 32 Jahre alt, Frühpensionist aufgrund von chronischem Burnout:

„Ja sicher. Aber was geht sie das an? Ich lackiere mir gerade die Zehennägel und schau mir „Bauer sucht Frau" an. Wir sind von der Fernsehgebühr befreit, das muss man ausnützen. Rufen sie doch in der Werbung noch einmal an, da hab ich kurz Zeit."

Ich, unbeirrt:
„ Haben sie schon einmal darüber nachgedacht, dass das private Verkaufen einer Immobilie enorme Gefahren für Leib und Leben mit sich bringt und ihnen einen dramatischen wirtschaftlichen Schaden zufügen kann? Die Statistik sagt, dass 82 Prozent aller Privatkonkurse darauf zurückzuführen sind, dass die Leute auf Immobilienmakler, wie beispielsweise mich, verzichten und privat verkaufen."

Privatverkäufer:
„Nein, eigentlich nicht. Ich habe gerade darüber nachgedacht, ob ich mir einen Erdäpfelsalat machen soll oder einen Gurkensalat mit Sojasprossen oben drauf. Man kriegt ja kaum Vitamine vom „Essen auf Rädern". Und gestern hab ich darüber nachgedacht, ob ich in eine Kiste kacken soll und dann behaupten, dass das Kunst ist. Dann bekomme ich nämlich wahrscheinlich eine Subvention."

Ich, weiterhin unbeirrt:
" Da sollten sie aber wirklich darüber nachdenken. Es gibt ganz viele Mietnomaden, die ihnen die ganze Bude ruinieren und dann verschwinden, ohne ihre Miete zu bezahlen. Laut Statistik sind 67 Prozent aller Selbstmorde darauf zurückzuführen."

Privatverkäufer:
" Was für Nomaden? Ich kenn nur Maden, die waren gestern in den Marillenknödeln, die ich im Kühlschrank aufgehoben hab. Die hab ich dann im Klo runtergespült, aber ohne Miete zu kassieren. Weil ich darf eigentlich gar nicht untervermieten, da verlier ich meine Mietzinsbeihilfe. Das kontrollieren die wie die Geier."

Ich, mit bedrohlich gesenkter Stimme:
" Und erst die gefürchteten Immobilienhaie. Viele werden von der Interpol gesucht, weil sie nur darauf warten, ihnen ihr hart verdientes Geld zu stehlen. Und laut Statistik werden nur 28 Prozent von ihnen gefasst, meist nach Hinweisen von ehrlichen und redlichen Immobilienmaklern, wie beispielsweise mir."

Privatverkäufer:
„Hören sie, ich hab zuerst die Kinderbeihilfe gehabt, danach eine Halbwaisenrente, dann war ich in ein paar Umschulungen, damit sie mich aus der Statistik schmeißen können, und mit 28 bin ich endlich in Frühpension gegangen, - soviel bleibt einem da nicht, das können sie mir glauben."

Ich, zuversichtlich:
„Na sehen sie. Und der Lohn dieses arbeitsreichen Lebens ist dann, dass sie betrogen werden. Dann ist das Geld fort, und ihre Beziehung geht auch in die Brüche. Wissen sie eigentlich, dass laut Statistik 78 Prozent aller Ehen dadurch scheitern, dass einer der Partner versucht, privat und ohne Hilfe eines Maklers, wie beispielsweise mir, eine Immobilie zu verkaufen?"

Privatverkäufer:
„Wirklich? Aber bei mir ist das eigentlich wurscht. Meine Frau hat sich in Mallorca einen Surflehrer angelacht, wie wir dort acht Monate auf Kur waren wegen dem Heuschnupfen. Die zwei sind dann Biobauern geworden und pflanzen jetzt Hanf und Kokain an, dafür gibt es EU-Zuschüsse. Und ich hab jetzt einen Lebensabschnittspartner, der früher eine Gemeindebedienstete war und lesbisch, danach ein heterosexueller Profiboxer und danach, in einer Selbstfindungsphase, Kindergärtnerin bei den barmherzigen Brüdern und Schwestern. Jetzt ist er gerade schwul und möchte sich wieder ein Transplantat annähen lassen, wenn das die Krankenkasse genehmigt."

Ich, unbeeindruckt:
„Alles schön und gut. Aber was ist mit ihren Kindern? Sollen die irgendwann mittellos dastehen, nur weil sie sich geweigert haben, einen Immobilienmakler, wie beispielsweise mich, zu beauftragen?"

Privatverkäufer:
" Ich hab keine Kinder. Aber wir haben vier Katzen und zwei Pekinesen, das haben die beim Amt mit Chinesen verwechselt und Asylbewilligungen ausgestellt. Wir bekommen auch Pflegegeld für sie, ungerechterweise aber nicht für die Katzen, obwohl das Perser sind."

Ich, etwas ungeduldig:
" Also lassen wir die Verwandtschaft jetzt beiseite, und sprechen wir über ihre Gesundheit. Haben sie gewusst, dass der Verkauf einer Immobilie eine enorme psychische Belastung darstellt? Für den Laien, der keinen Makler beauftragen möchte, wie beispielsweise mich, kann das zu Schlafstörungen führen, ebenso zu einer Krebserkrankung oder einem Herzinfarkt."

Privatverkäufer:
" Das spielt keine Rolle. Mein Lebensabschnittspartner und ich haben Aids, da braucht man sich sowieso keine Langspielplatten mehr kaufen, wenn sie wissen, was ich meine."

Ich, langsam wütend:
„Jetzt hören sie mal, guter Mann, ich habe meine Zeit nicht gestohlen. Sie schreiben in der Zeitung, dass sie ihre Wohnung verkaufen wollen. Ist das jetzt richtig oder nicht? Was ist das überhaupt für eine Wohnung?"

Privatverkäufer:
" Also das ist eine Gemeindewohnung mit vier Zimmern, Terrasse und einer Relaxzone mit Sauna am Dach. Mehr haben wir nicht bekommen, weil das steht eigentlich nur

Ehepaaren zu, und mein Lebensabschnittspartner war damals gerade zwischen zwei Operationen und hatte noch sein Dingsda dran, deshalb ist er als Ehefrau nicht durchgegangen."

Ich, jetzt doch etwas perplex:
„Und wo wollen sie hinziehen? Die Wohnung dürfte ja nicht so übel sein."

Privatverkäufer:
„Wir haben einen Eisenbahnergrund gepachtet. Das ist ein Pachtvertrag über 99 Jahre mit automatischer Verlängerung, und man kann ihn auch vererben. Den haben wir ergattert, weil die Nichte von meinem Lebensabschnittspartner mit der Tochter vom Chef der Eisenbahnergewerkschaft gemeinsam in der Tanzschule war."

Bei diesem Stand der Verhandlungen empfiehlt es sich dann für den Makler, das Gespräch zu beenden. Nicht etwa aus ideologischen Gründen, aber Gemeindewohnungen dürfen nicht gemakelt werden, der Staat bestimmt, wem sie zuerkannt werden. Das ist sozial gerecht und sehr gut so, weil dadurch den wirklich Bedürftigen geholfen wird, mit denen es das Leben nie gut gemeint hat, und die trotz Fleiß und Redlichkeit und Zielstrebigkeit und harter Anstrengung nicht auf die Sonnenseite des Lebens gelangt sind. Man muss einfach respektieren, dass nicht jeder Telefonkontakt ein Erfolg sein kann und sich wieder und wieder bemühen, bis man einen Treffer landet. Und bis dahin lebt man ganz einfach von der Kinderbeihilfe.

Rohbau in Bestlage

Es zeigt sich immer wieder: Das Schöne am Immobilienjob ist, dass man täglich neue Menschen kennen lernt, ob man will, oder nicht. Weil man sich seine Kunden nicht aussuchen kann, taucht man ein in die unterschiedlichsten Kulturen, Nationalitäten und Traditionen und tut gut daran, hier ein hohes Maß an Toleranz, Anpassungsfähigkeit und Einfühlungsvermögen zu entwickeln. Schließlich ist es ja umgekehrt nicht so, dass auch der Kunde jeden Tag einen neuen Makler kennen lernt. Und deshalb setzt er oft fälschlich voraus, dass man seine Wünsche und Bedürfnisse intuitiv erkennt, quasi im Urin hat, und genau weiß, was gut für ihn ist. Das ist zwar verständlich, aber leider falsch. Denn was für einen Interessenten ein Riesenvorteil ist, kann von einem anderen als katastrophaler Makel betrachtet werden. Deshalb ist es wichtig, bei Beschreibungen immer sachlich und neutral zu bleiben, bevor man nicht genau weiß, mit wem man es zu tun hat. Nur ein Anfänger lässt sich beispielsweise zu Schwärmereien hinreißen, wie: „Diese Anlage ist perfekt für Kinder, da haben sie jede Menge Spielkameraden!" Es könnte ja auch sein, dass die Angesprochenen Kinder hassen und ihre eigenen in ein Heim gegeben haben oder daheim in einem Käfig halten. Ähnliches gilt für Ambivalenzen gegenüber Tieren, Wasser, Pflanzen, Einrichtungsgegenständen oder Nachbarn, - auch hier sollte man keine Einzelheiten preisgeben und den Boden der Neutralität keinesfalls verlassen, weil das empfindlich ins Auge gehen kann.

Die Interessentin ruft mich um halb zehn am Abend an und versichert in gebrochenem Deutsch, dass es ihr sehr leid täte, dass sie zu dieser Zeit noch anruft. Darauf ich: „Wenn es ihnen leid tut, warum tun sie es dann?" Betretenes Schweigen. Ich helfe ihr weiter, schreibe die Hoffnung ab, zu erfahren, wer sich beim laufenden Krimi als Serienmörder entpuppt und versuche stattdessen, herauszufinden, was die Anruferin eigentlich möchte. „Ich rufen wegen dem Inserat an", teilt sie mit, und damit sind wir bereits ein gutes Stück weiter, schließlich habe ich derzeit nur 23 Immobilienangebote im Internet eingestellt. „Um welches Objekt geht es denn?", frage ich also. „Wie bitte?" schreit die Anruferin, während im Fernsehen gerade das vierte Opfer ins Jenseits befördert wird, und mein Mann aus dem Wohnzimmer schreit, ich würde jetzt das Wichtigste versäumen. „Wegen welcher Immobilie rufen sie an?" schreie ich zurück, erkenne aber augenblicklich, dass die Wortwahl falsch war, weil diese Frau keine Ahnung hat, was eine Immobilie ist. „Welches Haus?" frage ich, „oder welche Wohnung meinen sie?" Wohnung ist ein Volltreffer, sie meint Wohnung mit Garten und ohne Stiegenhaus, Lift und Nachbarn, also ein Haus. „Kann man kaufen den Haus?" fragt sie, „und was kann man machen mit Preis?" Ich überlege, ob es Sinn macht, ihr zu erklären, dass ich um hunderte Euro pro Monat natürlich nur Objekte ins Internet stelle, die man in Wahrheit weder kaufen, noch mieten oder pachten kann. Nur so, aus Jux und Tollerei. Wahrscheinlich nicht. Deshalb frage ich geduldig weiter und kann im Verlauf eines weiteren Mordes und der Entführung der Lebensgefährtin des Chefinspektors herausfinden, welche Immobilie es der Anruferin angetan hat: Mein „Rohbau in Bestlage!" Genauer eine nahezu unverkäufliche Bauruine „in absoluter Grün- und Ruhelage", also fernab von jeder Zivilisation und Infrastruktur, allerdings durch einen viermal täglich verkehrenden Bus bestens angebunden. Wir verabreden uns für den nächsten Tag zwecks Besichtigung.

Um fünf Uhr nachmittags stehe ich vor dem traurigen Bauwerk, das inzwischen unter dichtem Dornengestrüpp versinkt. So ähnlich muss das Schloss von Dornröschen ausgesehen haben, nur größer, schöner und weniger baufällig. Selbst meine „zu-verkaufen"- Tafel ist mittlerweile verwittert, und ich frage mich, wie Menschen aussehen und geistig beschaffen sein müssen, die sich hier eine Renovierung zutrauen. Die Antwort kommt mit einem Taxi und 20 Minuten zu spät. Aus dem Auto schälen sich zwei offensichtlich weibliche Menschen, verkleidet als Fledermäuse, danach zwei männliche Menschen ohne Verkleidung, von denen einer der Taxifahrer ist. „Es tun mir leid, dass wir zu spät gekommen", sagt eine der Fledermäuse. Ich formuliere schon wieder geistig den Satz „wenn es ihnen leid tut, warum…", spreche ihn aber nicht aus, sondern lächle statt dessen freundlich. „Macht ja nichts," lüge ich, „ich habe inzwischen Beeren gepflückt aus dem herrlichen Busch rund um das Haus. Möchten sie eine probieren?" „Danke", sagt der Taxifahrer angewidert, „wir haben Ramadan, das haben sie vergessen".

Ich öffne schuldbewusst die Tür vom „Rohbau in Bestlage", indem ich kräftig mit dem Fuß dagegen trete und gleichzeitig mit dem vorbereiteten Ast eine Hebelwirkung erzeuge. Die Fledermäuse flattern hinein und starten ihren Rundflug. „Wo ist der Keller bitte?" fragt mich die Tochter-Fledermaus, und schon bin ich wieder verunsichert. Das Haus wurde in den Hang gebaut, sodass man straßenseitig eine Ebene betritt und von der unteren Ebene aus in den Garten kommt. Übrigens exakt wie im Inserattext beschrieben. „Also der Keller ist unten, wie in vielen Häusern", sage ich, „ sie können den unteren Stock aber genauso als Wohnzimmer benützen, wenn sie wollen". „Aha, aha", sagt die Fledermaus, „aber was sollen wir dann da unten machen?" Jetzt macht sich bezahlt, was ich in vielen Seminaren gelernt habe, ich versuche, die kreative Vorstellungskraft der Kunden zu mobilisieren. „Sie könnten beispielsweise hier eine schöne Bar errichten, einen großen Esstisch aufstellen und Gäste bewirten", schwafle ich dahin. „Ihre türkischen Landsleute sind ja bekannt für ihre sagenhafte Gastfreundlichkeit, hier könnten sie richtig feiern!" Der Taxifahrer, der wahrscheinlich das Männchen von der Mutter-Fledermaus ist, mustert mich mit einem vernichtenden, verächtlichen und angewiderten Blick und sagt: „Wir trinken nicht, das haben sie vergessen."

Ich rette mich mit dem Hinweis auf eine Vitamin-Bar und mehrmaligen Beteuerungen, dass ich ebenfalls Alkohol ablehnen würde und darüber hinaus auch Fleisch, Milchprodukte, Obstsaft und vorehelichen, innerehelichen und nachehelichen Geschlechtsverkehr. Das dürfte mir Punkte einbringen, denn die Fledermäuse flattern weiter in den Garten und betrachten dort verzückt den gemauerten Gartengrill. „Was ist das?" fragt die Tochter-Fledermaus, „was sollen wir damit machen?" Um die Stimmung weiter aufzuheitern, wage ich einen Scherz: „Wofür würden sie es halten? Das ist vielleicht ein zusätzliches Gartenbadezimmer?" „Brauchen wir nicht", sagt die Mutter-Fledermaus, „ist auch sehr klein, wir sind viele Leute in türkischen Familien, das haben sie vergessen."

Der Taxifahrer hat in der Zwischenzeit den vor rund 45 Jahren errichteten Swimmingpool entdeckt. Gefolgt vom jüngeren Fledermaus-Männchen unterzieht er ihn einer fachmännischen Prüfung und kritisiert danach die mangelnde Wasserqualität. Ich verweise auf die Bio-Aspekte und den Vorteil, dass sich hier die Gelsen konzentrieren würden, wodurch man sie besser unter Kontrolle habe. „Und wenn sie das gar nicht mögen oder vielleicht auch nicht gerne baden und keinen Pool brauchen, können sie ihn immer noch zuschütten", schlage ich vor. „Stimmt auch wieder", sagt der Taxifahrer, „aber das Haus wird verkauft mit dem Pool, und das müssen wir auch alles bezahlen, das haben sie vergessen."
In diesem Augenblick beschließe ich die totale und bedingungslose Kapitulation. „Schauen sie sich einfach um, ich setze mich hierhin und warte, bis sie fertig sind." Der Taxifahrer bietet mir zum Zeichen seiner Freundschaft eine Zigarette an, während die Fledermäuse entflattern, um den Öltank zu inspizieren, den sie für eine vergessene Fliegerbombe halten. Sollten sie mich fragen, was sie damit machen sollen, werde ich eine Sprengung vorschlagen. Soweit kommt es allerdings nicht, denn ins obere Stockwerk zurückgekehrt, beginnt die Mutter-Fledermaus durchdringend zu kreischen, zu quietschen und mit den Flügeln um sich zu schlagen. Eine Ringelnatter verlässt den „Rohbau in Bestlage" fluchtartig, ebenso die Interessenten.

„Wie ist die Besichtigung gelaufen?" fragt mich mein Mann, als ich mit dunkler Augenringen, zerstochenen Waden und einer Wodkaflasche in der Hand nach Hause zurückkehre.
„Das sollst du mich niemals fragen", sage ich, „aber das hast du wahrscheinlich vergessen".

Kinder und andere Schicksalsschläge

Kinder sind etwas Herrliches. Sie sind die Stützen unserer Gesellschaft, unsere Zukunft und vor allem unsere ganze Freude. Und das Allerschönste an ihnen ist, dass sie oftmals auch noch sehr lebhaft sind. Anders als wir Erwachsene sitzen sie nicht langweilig irgendwo herum und beschäftigen sich mit etwas Sinnvollem. Im Gegenteil. Man erkennt Kinder auf Anhieb an der ohrenbetäubenden Lautstärke, in der sie sich untereinander verständigen. Nur Brüllaffen, Presslufthämmer, Salutschüsse und Feuerwehrsirenen können hier mithalten. Außerdem sind sie äußerst kreativ, wenn es darum geht, die Funktionsweise bestimmter Gegenstände irreparabel umzufunktionieren oder gleich ganz zu zerstören.
Beispielsweise ist ein Handy für Kinder keineswegs nur so ein profanes Ding, mit dem man telefonieren kann; genauso gut kann man es auch vergraben, darauf herumhüpfen, es an den Hund verfüttern oder als Wurfgeschoß verwenden. So wird jede Sache zum Multifunktionsgerät und verliert ihre langweilige Bedeutung für irgendeinen bestimmten, die Gedanken einengenden Zweck. Weiters zeichnet viele Kinder aus, dass sie ohne jede Scheu und Zurückhaltung, offen, ehrlich und direkt sind, wenn es darum geht, ungefragt ihre Meinung zu äußern. Sie versuchen erst gar nicht, irgendwelche Fesseln der Höflichkeit oder des Anstandes in ihren Äußerungen oder Handlungsweisen zu berücksichtigen, sondern gehen instinktiv und unverfälscht vor: Etwa indem sie wehrlose, fremde Menschen anspucken, sie gegen das Schienbein treten oder jemandem in herzerfrischender Offenheit ins Gesicht sagen, dass sie ihn hässlich, alt, grauslich oder unappetitlich finden.
Aufgrund dieser wirklich außerordentlichen Fähigkeiten schätze ich es sehr, wenn Kinder ihren Eltern in Immobilien-Angelegenheiten beratend zur Seite stehen. Und auch mich dabei nicht aus dem Spiel lassen.

„Wer bist du?" pöbelt mich ein etwa fünfjähriger Knabe an, als ich zwecks Besichtigung eines Reihenhauses aus dem Auto klettere. Mein Inserat ist mit „Traumhaus über dem See" übertitelt und lockt überraschend viele Interessenten an, die offensichtlich gerne schwimmen. „Ich bin die Maklerin", sage ich freundlich, „und wo sind deine Eltern?" Darauf der Dreikäsehoch: „Die suchen den See, aber der ist nicht da. Wie heißt denn du?" Da ich nicht einsehe, warum ich mich vor dem Kleinen legitimieren soll, übergehe ich die Frage und mache mich auf die Suche nach den Jungeltern, die ihrerseits auf der Suche nach dem See sein dürften. Das Kind verfolgt mich dabei zu Fuß, leider aber auch verbal: „Wo gehst du hin?", sagt es, „und warum hast du so ein großes Auto? Meine Oma hat kein Auto mehr, aber ein Wagerl, das sie schieben kann, weil sie sonst nämlich umfallt." „Das ist schön", sage ich geduldig, „aber ich bin sicher nicht so alt wie deine Oma, und deshalb habe ich eben kein Wagerl, sondern ein Auto." Das bezweifelt der Dreikäsehoch mit der Aussage, dass ich aber schon so alt aussehen würde wie seine Oma, und die sei sehr alt, aber immerhin noch nicht tot.

Rettend kommt mir entgegen, dass ich endlich die Eltern entdecke. Sie sind auf das Dach eines parkenden Autos geklettert, von wo aus man den See sehen kann, und machen ein paar Fotos mit einem großen Teleobjektiv. Wir begrüßen einander freundlich, und ich rege an, das nette Kind vorläufig im Auto zu verwahren und dieses luftdicht abzusperren, damit ihm nichts zustoßen könne. „Was soll ihm denn zustoßen?", fragen die Eltern, „der See ist ja mindestens fünf Kilometer entfernt." Das kläre ich augenblicklich als Irrtum auf, indem ich auf die schlechte Wetterlage hinweise. Bei schönem Wetter sei er wesentlich schöner und auch wesentlich näher. „Bist du bei schönem Wetter auch schöner?", fragt der Dreikäsehoch prompt.
Auf diese Frage gehe ich nicht ein, sondern stattdessen ins „Traumhaus über dem See", um diesen Albtraum möglichst rasch hinter mir zu lassen. Wir beginnen den Rundgang im Erdgeschoß, wo, wie bei fast allen Reihenhäusern, ein Wohnesszimmerküchenbereich mit angrenzendem WC

vorgesehen ist. Man nennt diesen Baustil „offenes Wohnen" und bezeichnet damit den Umstand, dass bei einer Zusammenballung von 120 Quadratmetern auf drei Ebenen keine unnötigen Wände mehr möglich sind, weil sonst der Rauminhalt zerquetscht würde. Also schafft der Baumeister nur einen Raum, in den praktisch alle Bereiche des täglichen Lebens gestopft werden sollten außer Duschen und das Verrichten der Notdurft. Den Jungeltern scheint dieses Konzept auch durchaus zu gefallen, sie inspizieren voll Ehrfurcht den Laminat- Boden mit waschechtem Fichtenholz- Flair, während das aufgeweckte Kind den Kaminanschluss näher unter die Lupe nimmt. „Da ist ein Loch", stellt es Dank seiner sprühenden Intelligenz fest, „das muss man zustopfen!" Und um den Vorsatz gleich in die Tat umzusetzen, krallt es sich blitzschnell meinen Chanel- Reinseidenschal und lässt ihn im Kaminschacht verschwinden.

Offensichtlich ist der Moment gekommen, in dem die bisherigen Verbalattacken in einen offenen Kampf ausarten. Ich rege deshalb an, dass die Eltern nunmehr mit mir gemeinsam den ersten Stock besichtigen sollen, während der Kleine die offenen Elektroleitungen inspizieren könnte. Oder er macht sich vor der Tür, im lebhaften Straßenverkehr, tapfer und selbständig auf die Suche nach dem See. So leicht lässt sich das Kerlchen aber nicht abschütteln. Es kommt natürlich mit den Großen mit, allerdings nicht, ohne vorher festzustellen, dass mein Hals ohne den Schal „ziemlich gruselig" aussieht. Doch wo kein Nachteil, da kein Vorteil, denke ich mir, schließlich gehören Treppen zu den häufigsten Unfallursachen überhaupt. Leider wird meine List durchschaut, das Kind springt federleicht über mein ausgestrecktes Bein und ins Badezimmer, wo es seinen Kopf in die Toilette steckt, um das Abflussrohr von innen zu betrachten. Auch diese Chance versuche ich zu nützen, jage die Jungeltern ins Schlafzimmer und betätige blitzschnell die Spülung. Das hat jetzt gesessen. Der Kleine selbst wird zwar nicht nass, aber ich sehe immerhin noch, wie mein nagelneues

Nokia- Handy mit einem traurigen Glucksen im Abfluss verschwindet.

In der Zwischenzeit haben meine Kunden die Dachbodenluke entdeckt. Ich vermeide es für gewöhnlich, sie zu öffnen, weil sie, wie der Name schon sagt, nur zum Dachboden führt, und der ist klein, eng, schmutzig und stickig und außerdem schwer zu öffnen. In diesem Spezialfall und unter besonderer Rücksichtnahme auf das aufgeweckte Kind macht es mir aber nichts aus, eine Ausnahme zu machen, zumal mir bekannt ist, dass bei unsachgemäßer und ruckartiger Bedienung des Öffnungshebels die Alutreppe wie ein Geschoß auf die darunter stehenden Personen herabsaust. Aus diesem Grund bekommt der Dreikäsehoch den Stellplatz in der ersten Reihe, wo er das Geschehen möglichst hautnah miterleben kann, und ich öffne die Luke mit einem kräftigen Ruck und ohne jede Vorwarnung. Auch das klappt. Und das letzte, was ich sehe, ist das Universum und viele Sterne, die über meinem Kopf in Richtung Dachboden entschweben.
Der darauf folgende Traum führt mich nach Schottland und in ein unheimliches Gewässer namens Loch Ness. Offenbar bin ich ein großes, schlangenartiges Tier mit einem Höcker am Kopf und einem langen Schweif, mit dem ich lautlos und zunächst gelangweilt durch´s Wasser gleite. Ich habe Hunger, mein Kopf tut weh, und in meinem Bauch rumpelt es, als hätte ich Steine verschluckt. Doch was ist das? Ein kleiner Knabe spielt munter auf einer Luftmatratze, nur wenige Meter von mir entfernt. Meine Gier, ihn zunächst zu ertränken und dann zu verschlingen, wächst mit jedem Meter und jedem Schlag meines gewaltigen Fossilienschwanzes. Ich bin schon ganz nah, kann ihn schon riechen, da erblickt er mich plötzlich und spricht mich an.
„Jetzt schaust du noch schiacher aus", sind die Worte, die ich vernehme, als ich das Bewusstsein wiedererlange. Der Dreikäsehoch sitzt auf meinem Bauch und betrachtet verwundert die blau-grünen Blessuren an meiner Stirn und das Horn, das gerade herauswächst. Mitleid ist dabei nicht zu erkennen, eher Fröhlichkeit und ungezügelter Tatendrang.

Deshalb wundert es mich auch nicht, dass er mir im Weggehen meine goldene Uhr vom Handgelenk nimmt, um sie für später zu verstecken, wenn es mir wieder besser geht. Ich rapple mich auf alles Viere und robbe unter Aufbringung meiner letzten Kraftreserven hinter dem Kind her. „Warte!" rufe ich mit ersterbender Stimme, „ich möchte dir unbedingt noch den See zeigen, - wir zwei wollen schwimmen gehen!" Aber das aufgeweckte Kind ist schon entschwunden.

Solche und viele ähnliche Erlebnisse haben bei mir zu folgender Überlegung geführt: Man kann in einem demokratischen Staat Menschen nicht verbieten, Kinder zu haben und daheim und in geeigneter Umgebung zu halten. Wenn sie dort in einer sicheren Umzäunung und von ihren Mitmenschen abgeschottet untergebracht sind, sollte aber zumindest ein Warnschild am Eingang auf ihr Vorhandensein hinweisen. Wollen diese Eltern ihre Kinder aber in die Öffentlichkeit mitnehmen, sollten sie entsprechende Maßnahmen und Vorkehrungen treffen, damit es zu keiner Gefährdung anderer, freilaufender Personen kommt. Hier wären Knebel, reißsichere Leinen, Beißkörbe und Handschellen die geeigneten Mittel, oder man belässt die lieben Kleinen gleich in einem ausbruchsicheren Käfig, selbstverständlich mit ausreichendem Regenschutz und entsprechenden Futter- und Wasserbehältern. Weiters wäre ein Kinderführschein als Voraussetzung für eine Haltegenehmigung ein Beitrag zu mehr Sicherheit auf unseren Straßen.

Von einem generellen Zuchtverbot ist aus meiner Sicht abzusehen, weil sich dadurch zwangsläufig auch die Anzahl potentieller zukünftiger Immobilienkunden verringern würde.

Eine Erbschaft auf dem Lande

Natürlich ist es nicht immer leicht, ein Haus, eine Wohnung oder ein Geschäftslokal zu verkaufen. Das ist aber alles nichts im Vergleich zu so genannten Sonderobjekten wie beispielsweise stinkenden Lagerräumlichkeiten, Kellern oder ehemaligen Würstelbuden, bei denen eigentlich niemand genau weiß, wozu man das Ding noch gebrauchen kann. Auch Wälder sind solche speziellen Sorgenkinder, weil der Kundenkreis, der gerade mal für einen kleinen Wald Verwendung hat, relativ klein ist. Ganz resch wird so eine Vermarktung dann, wenn es sich auch noch um eine Verlassenschaft mit mehreren Begünstigten handelt. Bei einer solchen Aufgabenstellung scheidet sich die Spreu vom Weizen unter den Maklern, und es kommen wirklich nur die Härtesten- und Trinkfestesten durch.

Im zarten Alter von 94 Jahren ist eine entfernte Großtante von mir gestorben, die inter-familiär den liebevollen Beinamen „die Zähe" hatte. „Zäh" hier im Sinne von altem, durchgerittenem Leder, das für eine Weiterverwendung zu unansehnlich, aber zum Wegwerfen zu schade ist. Ihr Tod ist schlecht für die Tante, aber gut für meinen Onkel Nikolaus, der jetzt etwas erbt. Der Haken an der Sache ist nur, dass nicht nur er erbt, sondern auch seine Brüder Wolfgang, Stefan und Manfred: und zwar ein Grundstück, welches „die Zähe" in jungen Jahren zwecks Wertsteigerung und Altersabsicherung gekauft hat, von dem aber keiner der Söhne irgendetwas Genaueres weiß. Onkel Nikolaus vertraut es mir als Verkaufsobjekt an, gleichsam als Deal des Jahrhunderts, schließlich soll auch die kleine Nichte etwas abbekommen vom Kuchen, denn wenn man einmal reich ist, gibt man gerne.
 Folgende, die Verkaufsaktivitäten ungemein unterstützende Informationen werden mir auf den Weg mitgegeben: Das Grundstück ist ein Grundstück, Widmung unbekannt, und es befindet sich irgendwo im international bekannten Ort „Muggendorf", Adresse ebenfalls unbekannt. Die Tante hat es

nie gesehen und auch nichts dort- oder damit gemacht, ebenso wenig die Söhne und Erben. Es kann eine Seeliegenschaft sein, ein Pachtplatz für Wohnklosetts, ein Berg mit Aussteigerhütte, eine Giftmülldeponie oder eine Serpentinenkurve mit anschließender Kuhweide. Ein Immobilienschatz in jedem Fall, glaubt vor allem Stefan, der ständig am Rande des Existenzminimums herumkrebst und früher auch ein Drogenproblem hatte.

Nach längeren Recherchen gelingt es mir Dank meiner grenzgenialen Professionalität, wenigstens die Grundstücksnummer herauszufinden, und ich kann mir eine Luftkarte ausdrucken, auf der das Kleinod abgelichtet ist: Und zwar als kleiner, bräunlich- grüner Urwald ohne Zufahrtstraße, Haus oder Hundehütte. 4000m2 Bäume inmitten anderer Bäume, ein lauschiges Fleckchen, ähnlich der Hainburger Au von dazumal, über die ein berühmter österreichischer Gewerkschaftspräsident übellaunig philosophierte, während sich erboste Kraftwerksgegner in den Wipfeln anketteten: „Is eh nix durt, aussa Gössn." Und während ich die Luftkarte wieder und wieder studiere, zermartere ich mir den Kopf über die Frage, für wen dieser abbruchreife Miniwald in irgendeiner Weise interessant sein könnte.

Nicht für einen Jäger, denn wenn der auf einer Seite hineinschießt, kommt die Kugel auf der anderen Seite wieder heraus und metzelt vielleicht die Kuh vom Nachbarn. Auch nicht für einen Forstbetrieb, denn selbst auf der Luftkarte wirken die Bäume in diesem Bereich ähnlich altersschwach wie „die Zähe" in ihren letzten Tagen. Auch ein Campingplatz kann sich hier nicht ausbreiten, weil das Gelände hügelig und rutschig ist und in einem Massenschlammbad nach dem Vorbild des Grubenunglücks von Lassing enden könnte. Die zündende Idee bleibt aus, ich habe keine Ahnung, wem ich dieses Stück Wald aufschwatzen könnte, und deshalb beschließe ich, bei einem Lokalaugenschein ortsansässige und ortskundige Menschen zu Rate zu ziehen.

Der Termin mit dem Bürgermeister, dem Vizebürgermeister, dem Obmann des Sparvereins, dem Ortsvertreter des

Kameradschaftsbundes sowie dem stellvertretenden Vorsitzenden des Muggendorfer Dorfverschönerungsverbandes, um nur einige zu nennen, findet im schönsten und einzigen Gasthof des Ortes statt. Und alle sind bereits betrunken, als ich ankomme. Sie finden es nett, dass sich eine Maklerin aus der Stadt zu ihrer Unfähigkeit bekennt und ihre Hilfe in Anspruch nehmen möchte und bestellen eine Runde vom Roten. „Wo isn des Grundstickl übahaupt?" fragt der Obmann des „Vereins zur Nachzucht und Erhaltung altösterreichischer Geflügelrassen", Ortsgruppe Muggendorf. Ich zücke meine Luftkarte, und acht Köpfe kriechen zusammen und besabbern das Papier von oben. „Des is glei neman Hias", sagt der Vizebürgermeister als erster von allen und mit triumphierendem Seitenblick auf den Bürgermeister, der diese Tatsache offensichtlich nicht gleich erkannt und als entsprechend bedeutsam bewertet hat. „Des hod a Dame aus Wean kauft von da Gretl ihrer Nichtn, de wos des uneheliche Bankert vom Wirtn sein Schwoga k´hobt hod. Des was i no genau. Des wor a entfernte Verwaundschaft von da Huababauamitzi." Der stellvertretende Vorsitzende des Dorfverschönerungsvereins nickt wissend, die anderen sinnieren stumm und voll der schönen Erinnerungen an längst vergangene, bessere Tage. Die Zeit nützt der Wirt, um unaufgefordert die Gläser neu anzufüllen. Dann kommt die Frage: „Und wos haum jetzt se damit zum tuan?"

Ich habe inzwischen natürlich erkannt, worauf es in dieser Runde ankommt, und beginne deshalb mit der Verwandtschaft zwischen meinem Vater und der dritten Frau von Onkel Nikolaus, leite über zur „Zähen" beziehungsweise ihrem Ableben und danach zu den Söhnen, die geerbt haben, und deren Erbe ich jetzt veräußern soll, weil ich die Nichte bin, und Nikolaus Bruder Stefan einmal ein Drogenproblem hatte und pleite ist. Diese Erklärung kommt an. Der Wirt bringt eine weitere Runde, und ich trinke Bruderschaft mit dem Obmann des Sparkassenvereins und dem Ortsvertreter des Kameradschaftsbundes. Danach komme ich auf Nachbar Hias zurück und will wissen, ob das Grundstück von der „Zähen" vielleicht für ihn interessant sein könnte. „Des kunntat scho sein", sagt der Bürgermeister, jetzt ganz Respektsperson, „weu dem fliagn imma de Bam von danebn umme, und de muas er daun wegzahn mitm Traktor." Ich fummle aus meiner Aktentasche ein kreativ gestaltetes Expose hervor und frage die Herren, ob es möglich wäre, es im Gemeindeamt anzubringen und auch an den Hias weiterzuleiten. Das geht aber so einfach und so schnell nicht, sagen sie, und lassen zwecks Förderung ihrer Gedankenflüsse eine neue Runde vom Roten kommen. Jetzt trinken auch Bürgermeister und Vizebürgermeister mit mir Bruderschaft, den Obmann des „Vereins zur Nachzucht und Erhaltung altösterreichischer Geflügelrassen" küsse ich bereits unaufgefordert. Er ist nämlich ein ganz Schlauer und hat während einer Pinkelpause den Hias angerufen, der sich mit rotem Kopf und Hühnerkacke an den Händen an unserem Tisch nieder plumpsen lässt.

Die Diskussionen über das Für- und Wider des geplanten Liegenschaftsankaufs sind ab diesem Moment nicht mehr zu bremsen. Der Jägerstammtisch wechselt zu uns herüber, später auch die wöchentliche Schnapser-Runde des Pensionistenverbandes sowie eine Abordnung der Senioren-Wandervögel aus dem Nachbarort. Bei Runde neun vom Roten sind wir bereits in konkrete Preisverhandlungen eingetreten, man will mir hier entgegen kommen, weil wir ja irgendwie alle miteinander verwandt sind, und weil „die Zähe" eine patente Frau war, die nichts hat anbrennen lassen, und weil Onkel Nikolaus Bruder Stefan ein Drogenproblem hatte, und weil wir so jung ja sowieso nicht mehr zusammenkommen würden. Wir einigen uns unter Berücksichtigung der Tatsache, dass es vier Erben gibt, auf einen in diesem Ort noch nie erreichten Quadratmeterpreis von einem Euro, auch deshalb, weil der bisherige Alkoholkonsum eine schwierige Teilungsrechnung nicht mehr zulässt und besiegeln das Übereinkommen mit vielen Umarmungen und Freundschaftsbekundungen sowie einer letzten Runde vom Roten.

Bereits zwei Wochen später findet der Notartermin statt. Nachbar Hias kommt im Sonntagsgewand, mit hochrotem Kopf und der Gattin im Schlepptau, ihre Ähnlichkeit mit der Stiefschwester des 2. Vorsängers des Männergesangsvereins Muggendorf ist unverkennbar. Den Kaufpreis von 4000 Euro hat der Hias in der Tasche, am Land wird noch bar bezahlt, nix mit Überweisen auf das Konto vom Doktor, den ja keiner kennt und auch nicht seine Verwandtschaft. Auf Provision habe ich im Verlauf der 11. Runde vom Roten verzichtet, einerseits, um das Geschäft nicht zu gefährden, andererseits, weil man der Verwandtschaft kein Geld abknöpfen sollte. Und drittens, weil ohnehin jeder weiß, dass man als Immobilienmakler sein Geld spielend leicht verdient und gleichsam darin schwimmen lernen kann. Leer gehe ich trotzdem nicht aus, auch das ist am Land Ehrensache, und deshalb fummelt die Gattin vom Hias eine Flasche Wein vom Roten aus dem mitgebrachten Zielpunkt- Sackerl und überreicht sie mir mit feierlicher Miene und einem Händedruck, der bis in meine Blase fährt. Es ist nicht das beste Geschäft, das ich jemals gemacht habe, aber zweifelsfrei eines der nettesten.

Mail-Anfragen

Weil der Kontakt zu Kunden nicht immer ganz einfach ist, sollte man ihn tunlichst vermeiden und sich bemühen, einen großen Teil der anfallenden Arbeit schriftlich zu erledigen. Das wäre gerade in der Immobilienbranche relativ einfach und würde allen Beteiligten Zeit und Nerven sparen. Schließlich verfügt der homo sapiens über das Ausdrucksmittel der Sprache und könnte es dazu einsetzen, seine Anliegen klar vorzutragen. Ich stelle allerdings tagtäglich fest, dass keineswegs alle menschenähnlichen Wesen auch tatsächlich über ein eigenes Denkvermögen verfügen. Denn was ein Makler an einem durchschnittlichen Arbeitstag auf seinem Schreibtisch- und vor allem im Posteingang seines Computers findet, spottet jeder Beschreibung.
Es gibt noch viele ungelöste Rätsel auf dieser Erde: Etwa die geheimnisvolle Tierwelt in den Tiefen des Meeres oder die Frage, ob es tatsächlich Marsmännchen gibt, oder die Kriterien, nach denen auf anspruchsvollen Fernsehsendern bei völlig wirren und unverständlichen Filmen das Prädikat „wertvoll" verliehen wird, oder wie viele Wodkas man kippen muss, um die Texte von Thomas Bernhard zu verstehen. In diese Reihe der wundersamen Rätsel und Phänomene gehören auch die täglichen Mail- Anfragen zu Immobilien, die ein Makler auf verschiedenen Internetplattformen anbietet. Diese Plattformen sind meist so gestaltet, dass man bestimmte Kästchen ausfüllen sollte, vor allem jenes Kästchen, in dem man mitteilt, was man eigentlich möchte. Klingt einfach, ist es aber nicht. Denn in 98 von 100 Fällen bleibt es leer. Ganz raffinierte Internetforen bieten deshalb dem Suchenden vorgefertigte Vorschläge an, die er lediglich ankreuzen muss, wie beispielsweise:
Ich interessiere mich für diese Immobilie, bitte nehmen sie Kontakt auf. Das hat bedauerlicher Weise nur dann Sinn, wenn auch das Kästchen mit der Überschrift „Kontakt" ausgefüllt wird.

Oder: Bitte informieren sie mich auch über ihre weiteren Immobilienangebote. Das heißt dann, dass den Fragenden die angefragte Immobilie gar nicht interessiert, dafür aber viele andere. Welche, bleibt ein Rätsel.
Oder, für die ganz Dummen: Der Kunde wünscht:
a)Besichtigung
b)Weitere Informationen
c)Kontaktaufnahme via Telefon, Mail oder Post.
d)Nichts.
Diese kundenfreundliche und maklerfeindliche Vereinfachung hat zur Folge, dass man beim Lesen der Mails häufig nicht die geringste Ahnung hat, was man danach tun soll, es sei denn, man hat gerade das Badewasser laufen und muss den Hahn abdrehen. Das fängt schon damit an, dass man nicht jede Objektnummer im Kopf hat und deshalb im Dunkeln tappt, über welche Immobilie man eigentlich Auskunft geben soll. Hilfreich könnte dabei die Auflistung jener Kriterien sein, die der Kunde bei seiner Suche angekreuzt hat. Also scrollt man hinunter und findet: Bundesland: keine Angabe. Bezirk: keine Angabe. Wohnung oder Haus: keine Angabe. Miete oder Kauf: keine Angabe. Zimmeranzahl: keine Angabe. Terrasse oder Balkon: keine Angabe. Und so weiter und so weiter. Das einzige, was fix ist, ist im besten Fall das Land oder wenigstens der Kontinent, in dem gesucht wird. Immerhin ein Schritt in die richtige Richtung.
Gelingt es einem nach einigen Recherchen doch, abzuklären, welches Objekt dem Anfragenden ins Auge gestochen ist, tut sich bereits die nächste Frage auf, denn er hat angekreuzt, dass er weitere Informationen per Mail bekommen möchte. Ich persönlich bin längst davon abgekommen, unvollständige, missverständliche oder blumige Texte zu verfassen, irgendwelche Abbruchhäuser zu „Bastlerhits" hoch zu stilisieren oder einen feuchten Keller als Chance für einen Indoor - Pool verkaufen zu wollen. In meinen Inseraten werden härteste Fakten aufgelistet, weil ich selbst nach Jahren noch nicht völlig die Hoffnung aufgegeben habe, dadurch unnötige Fragen zu vermeiden. Der Suchende weiß also Lage, Größe, Baujahr, Zimmeranzahl, Raumaufteilung, Ausstattung,

Verkehrsanbindung, Orientierung, Anschlüsse und den Preis des Objekts. Ich habe festgehalten, in welchem Jahr die Herzchen-Tapete angebracht wurde, wo die Schwiegermutter des Bauherrn ihre künstliche Hüfte bekommen hat, von welchem Hersteller die Gartenzwerge kommen, und dass der Dackel der Hausbesitzer einmal einen Haufen im Saunastüberl hinterlassen hat. Kein noch so peinliches Detail wird ausgelassen, und alles nur, um am Ende einer Mail-Anfrage nicht den gehassten Satz zu lesen: Der Kunde wünscht weitere Informationen per Mail. Er wünscht sie aber trotzdem.

Irgendwann habe ich deshalb beschlossen, zum Gegenangriff überzugehen: Wenn in einem Mail keine konkreten, intelligenten und sinnvollen Fragen stehen, schreibe ich zunächst einmal mit gespieltem Interesse zurück: „Wie kann ich ihnen weiterhelfen?" Das ist hinterhältig und tückisch, denn damit verwirrt man bereits einen beachtlichen Teil jener Menschen, die offensichtlich ihre Freizeit damit verbringen, quer durch die Plattformen zu zappen und dort wild und sinnlos ihre Kreuzchen zu setzen. Man zwingt sie, zuzugeben, dass sie gar nicht mehr wissen, welche Anfrage sie eigentlich geschickt haben, weil sie ohnehin nie vorhatten, auch nur ein Wohnmobil oder ein Campingzelt oder ein Plumpsklo zu mieten oder zu kaufen. Kommt trotzdem ein Retourmail, stelle ich die weiterführende Frage: „Welche zusätzlichen Informationen brauchen sie?", wenn doch alles, und wirklich absolut alles ohnehin detailliert in meinem Inserat ausgeführt und beschrieben ist. Danach ist dann zunächst Pause, ein Etappensieg, der Bumerang ist zurückgekehrt, der Kunde hat sich selbst ins Knie geschossen, weil jetzt muss er nachdenken, was er eigentlich wissen möchte, und nicht ich. Manche geben dennoch nicht auf, schon allein deshalb nicht, weil sie mir beweisen wollen, dass sie kompetente Menschen- und im Recht sind. Sie fordern dann beispielsweise detaillierte Baupläne an oder wollen wissen, wann der Durchlauferhitzer zum letzten Mal gewartet wurde, welche Vergangenheit das Wohnhaus aus historischer Sicht hat, welche Vögel in der Dachrinne nisten, ob einer der Vormieter jemals ein

Drogenproblem hatte, ob er regelmäßig in die heilige Messe geht, oder ob der Fahrradraum groß genug ist, um dort ein Segelboot unterzubringen.

Auch über die Nachbarn werden gerne und häufig Erkundigungen eingezogen, wobei meine Antworten zwischen "ruhig, zurückgezogen, allein stehend und unauffällig" und „lebhaft, kommunikativ, gastfreundlich und musikalisch" schwanken und davon abhängen, wie ich den Interessenten selbst einschätze. Ersteres beschreibt vorbestrafte Sonderlinge, die nicht auffallen möchten, weil sie gerade an einer Bombe basteln oder klammheimlich den Ehepartner unter dem Komposthaufen vergraben haben. Zweiteres die zugewanderte Großfamilie aus dem anatolischen Raum, in der zwei Kinder Schlagzeug spielen, und die gerne und häufig und in Gesellschaft anderer anatolischer Großfamilien im Innenhof ein Lämmlein über dem Bratspieß brutzelt. Wahr ist, dass ich noch nie bei irgendwelchen Nachbarn angeläutet und Erkundigungen über ihre Vorlieben eingeholt habe. Genauso wenig, wie es mich interessiert, welche Befindlichkeiten jene haben, die mich hartnäckig mit völlig unnötigen Fragen quälen.

Im Fall einer Supergau-Mailanfrage erfahre ich trotzdem Einzelheiten, die mir häufig das Blut in den Adern gefrieren lassen. Denn eine weitere Fehlprogrammierung der Anfrage-Kästchen besteht darin, dass man beliebig lange Text verfassen kann, ohne dass irgendwann eine Hinweistafel erscheint mit der Aufschrift: „Bitte nicht mehr weiter schreiben, der lesende Makler hat sich soeben aus dem Fenster gestürzt!" Der Gegentyp zu jenem Schreiber, der keinerlei Prioritäten festlegt und mit keinem Wort preisgibt, warum er sich überhaupt an mich wendet, ist der erzählende, schwafelnde, langatmig schildernde Kunde. In seinem Textkästchen ist von einer enervierenden Scheidung die Rede, von Unterhaltszahlungen für vier Kinder und ein Dobermann-Pärchen, von der bevorstehenden Zwangsräumung, von Prostata-Beschwerden, Schlafstörungen, Mobbing durch die

Kollegen und dem Wunsch, noch einmal ganz von vorne anzufangen. Unklar bleibt wo, wie, warum und mit welchen Mitteln. Klar dagegen der Wunsch: Schicken sie mir weitere Informationen per Mail.

Ein Kriegsopfer

Auch wenn ein Makler alle Möglichkeiten ausschöpft, um bekannt zu werden, und seine an ein Wunder grenzenden Fähigkeiten einem breiten Publikum zur Kenntnis zu bringen: In den seltensten Fällen treten die Abgeber oder Verkäufer einer Immobilie an ihn heran, um ihm einen Auftrag zu erteilen. Ein solcher Vorgang gleicht vielmehr einem Lotto-Sechser und findet ausschließlich im Fernsehen statt. In der Regel ist der Weg bis hin zur Unterschrift ein äußerst steiniger, den man nur unter Aufbringung der letzten Kraftreserven bewältigt. Und selbst wenn, stellt man am Ende häufig fest, dass man in einer Sackgasse gelandet ist, an deren Ende nichts Gutes wartet. Um dem einzelnen das so genannte „listen", also den Einkauf einer Immobilie, leichter zu machen, versprechen vor allem die größeren Immobilienunternehmen eine fruchtbare Zusammenarbeit zwischen den einzelnen Maklern. Erfährt beispielsweise ein Kollege aus Vorarlberg, dass einer seiner Bekannten eine Wohnung in Wien kaufen möchte, meldet er sich bei einem Wiener Kollegen, mit dem er dann das Geschäft gemeinsam macht. Soweit die Theorie, die eigentlich ganz vernünftig wäre. In der Praxis ist es allerdings so, dass man Angebote zu Gemeinschaftsgeschäften mit einiger Skepsis betrachten sollte. Denn hier ist bei weitem nicht alles Gold, was glänzt.

Von einem viel versprechenden Jungkollegen bekomme ich eines Tages einen heißen Tip, über den er selbst offensichtlich so begeistert ist, dass sich seine Sätze am Telefon überschlagen: Da wäre ganz in meiner Nähe ein älteres Ehepaar in einem Haus, und das solle jetzt verkauft werden. Das Haus natürlich, nicht das ältere Ehepaar. Der Mann, ein pensionierter General, würde gerne in eine bequeme Erdgeschoßwohnung ziehen und müsse deshalb seine alte Behausung möglichst gewinnbringend veräußern. Er, der Jungkollege, habe ihn gefragt, ob er vielleicht ein Foto von der alten dabei hätte. Daraufhin habe der General gesagt „nein",

weil er würde seine Frau ohnehin jeden Tag sehen. Und vom Haus sollten wir uns am besten vor Ort selbst ein Bild machen. Wie auch immer, das sei sein Tip für 25 Prozent Beteiligung, und ich müsse nur mehr hingehen und das Objekt in meinen Bestand nehmen.
An dieser Stelle muss ich noch einmal anmerken, dass wertvolle Hinweise von Kollegen ein äußerst seltenes Gut sind. Meist bekommt man zugeschanzt, was sie selbst absolut nicht bearbeiten möchten, weil die Immobilie irgendwo weit weg in der Pampa situiert ist oder dermaßen abgewrackt, dass der einzige Weg in eine bessere Zukunft über eine gewaltige Sprengung führt. Umso erfreuter bin ich über diesen viel versprechenden Hinweis, der nach solider Qualität und noch solideren Abgebern aussieht.

Ich begebe mich daher prompt zu der genannten Adresse, einem schmucken Einfamilienhaus aus den sechziger Jahren mit rattengrauen Dachschindeln aus Eternit, einem nachträglich angeklebten Wintergarten und ehemals moderner Glaskunst in Form von 2 Figuren mit kaputten Reifen am Kopf, also wahrscheinlich Engeln, auf der Fassade. Das Innenleben ist in den dazumal äußerst beliebten Farben kackbraun und verwesungsgrün gehalten, und man sieht dem Haus durchaus an, dass es immer schonend und rücksichtsvoll behandelt worden ist: Schondeckchen schonen darunter liegende Schondeckchen, die Herdplatten tragen selbst gehäkelte Häubchen, und gleich neben dem Eingang liegen geklaute Hotel-Pantoffel, die den alten Parkettboden vor direktem Kontakt mit menschlicher Existenz bewahren sollen. Auch der General, der mich bereits erwartet, trägt ein lustiges Häubchen mit diversen Streifen und Abzeichen einer mir unbekannten Pfadfindergruppe und salutiert zackig, als er mich in der Küche willkommen heißt. Danach wird mir ein Platz auf der Sofaschondecke angewiesen, und er serviert mir gastfreundlich löslichen Kaffee, was mich offenbar auf einen längeren Aufenthalt in dieser lauschigen, braun-grünen Umgebung vorbereiten soll.

Da ich aus langjähriger Berufserfahrung weiß, dass bei Aufträgen von älteren Menschen vor allem der Aufbau eines gewissen Vertrauensverhältnisses wichtig ist, füge ich mich widerspruchslos in mein Schicksal und eröffne das Gespräch mit einem Klassiker aus dem Lehrbuch für erfolgreiches Gesprächsmanagement für Immobilienmakler: Nämlich mit der Feststellung, dass dieses Haus offenbar immer gut in Schuss gehalten worden sei, und der Hausherr offenbar ein bemerkenswertes handwerkliches Geschick vorzuweisen habe. Dies soll dem Angesprochenen einerseits eine gewisse Anerkennung vermitteln, führt aber dennoch ohne Umwege zum eigentlichen G-Punkt des Verkaufsgesprächs. Oder auch nicht.

Mein General hat offensichtlich viele lange Jahre hindurch darauf gewartet, dass überhaupt jemand mit ihm spricht, egal worüber. Er räuspert sich kurz, nimmt einen kräftigen Schluck aus der Tasse und beginnt seine Erzählung im Jahre 1933, in dem er gerade eine Lehre als Mechaniker begonnen hatte. Danach führt der Reigen von seiner Zeit als Freiwilliger in der Wehrmacht und dem Einmarsch in Polen quer durch mehrere Waffengattungen, militärische Ränge und Kontinente. Im Jahr 1943 steige ich kurz aus, um auf's Klo zu gehen, einige Anrufe zu erledigen und meine Zehennägel zu lackieren, und ich kehre im Jahr 1945 zurück, in dem der General um ein Haar sein kurzes Leben in einem so genannten Arbeitslager der Nazis verloren hätte. Nicht als Insasse, versteht sich, sondern weil er nach dem Genuss von 2 Flaschen selbst gebranntem Schnaps ziemlich beduselt von einem Wachturm gefallen war.

An diesem Punkt keimt schwache Hoffnung in mir auf, dass der Krieg damit abgehakt sein könnte, und sich doch noch die Möglichkeit bietet, das Thema Hausverkauf anzuschneiden. „Wann haben sie dieses schöne Häuschen denn gebaut?", werfe ich geistesgegenwärtig, beherzt und in der Sicherheit ein, damit eine Epoche lange nach Kriegsende zu berühren. „Das war ungefähr 20 Jahre, nachdem ich aus der russischen Gefangenschaft zurückgekommen bin", antwortet der General. Seine weiteren Ausführungen beginnen danach in einem sibirischen Nest namens „Molinskajawanrizina", oder so ähnlich, und nehmen eine weitere Dreiviertelstunde in Anspruch, während der ich mehrmals auf der selbst gehäkelten Sofaschondecke wegnicke, - was den General aber nicht weiter zu stören scheint. Als ich die Augen wieder öffne, befinden wir uns gerade in der Wiedersehenszene mit seiner Gattin und drei ihm bislang unbekannten und auch vollkommen unähnlichen Kindern auf einem Bahnhof in der Nähe von Hollabrunn.

Draußen ist inzwischen die Dämmerung hereingebrochen, und meine Hoffnung, heute noch zu einer Unterschrift auf einem schlichten Vermittlungsauftrag zu kommen, oszilliert um den Nullpunkt. Mit dem Mut der Verzweiflung rapple ich mich trotzdem hoch, krame die Papiere aus meiner Aktentasche und knalle sie dem General vor die Nase und auf die Wachstischdecke, welche die Schondecke darunter schonen soll. „Herr General", brülle ich ihn an, „würden sie sich heute noch einmal freiwillig melden?" „Zu Befehl!" schreit der General zurück und krakelt seine Unterschrift groß und deutlich unter den Vertragstext.

Ich gehe an diesem Abend mit dem Bewusstsein nach Hause, wirklich hart gearbeitet zu haben. Hinter mir liegen der Einmarsch in Polen, mehrere Feldzüge in Afrika, die Belagerung Moskaus, eine zerschossene Wade, wochenlanger Durchfall, eine Wundinfektion, ein schwerer Sturz von einem Wachturm und schließlich die russische Kriegsgefangenschaft mit Hunger, Kälte, Erfrierungen und standrechtlichen Erschießungen. Der Ausspruch „Dienst ist Krieg" in praktischer Reinkultur. Und das alles für einen schlichten Vermittlungsauftrag ohne Verkaufsgarantie.
Zwei Stunden später läutet das Telefon, und es meldet sich die Gattin des Generals. „Er hat 1932 einige Schrotkugeln in seinen Schädel bekommen", erzählt sie mit einer gewissen Heiterkeit in der Stimme. „Von unserem Nachbarn, der hat eigentlich eine Krähe abschießen wollen. Das hat sicherlich wehgetan, aber andererseits hat es ihn vor einer Einberufung

bewahrt. Während dem Krieg ist auch niemandem aufgefallen, dass er ein bisschen durchgeknallt ist, da sind ja lauter Irre herumgelaufen." In den sechziger Jahren habe sie ihn dann entmündigen lassen, nachdem er begonnen hatte, sich als Marinekapitän zu verkleiden. Später sei er dann für kurze Zeit als Eva Braun in Dirndlkleidung herumgelaufen und einmal sogar, -jetzt lacht die Generalin herzlich-, als Hitler's Schäferhund Blondie mit Beißkorb und Leine. „Die Rolle als General hat dann vor ungefähr fünf Jahren begonnen", sagt sie, „zeitlich gleich mit der Annahme, dass er sämtliche Häuser in der Umgebung als Kriegsbeute einziehen kann. Also können sie sich den Vertrag sonst wohin stecken, tut mir leid. Wir wohnen in einer Gemeindewohnung in der Hasengasse im Zehnten."

Ich habe den General später nie wieder persönlich getroffen. Nur ein Foto von ihm war in der Zeitung, übertitelt mit der Schlagzeile: „Horror-Opa bei seinem 14. Einbruch in Einfamilienhäuser ertappt." Auch mein Jungkollege, der mir den Tip gegeben hat, ist mir nicht mehr über den Weg gelaufen. Er wurde –wahrscheinlich von einer Frau- aus dem Hinterhalt überfallen, seiner Kleider beraubt und in einem gut frequentierten Einkaufszentrum ausgesetzt. Danach dürfte er gekündigt haben.

Kontakte sind alles

Neben Fleiß, Ehrgeiz und einer robusten Gesundheit sind weitere drei Dinge das Um- und Auf für eine erfolgreiche Karriere als Immobilienmakler: Kontakte, Kontakte und Kontakte. Um an lukrative Verkaufsobjekte heranzukommen, tut ein ehrgeiziger Makler fast alles. Wichtigste Voraussetzung ist ein geübter Umgang vor allem mit der so genannten Oberschicht, sprich verarmter Adel, haft entlassene Bankmanager oder ehemalige Politiker, die neue Wohnsitze in Staaten ohne Auslieferungsabkommen begründen wollen. Interessant ist aber auch die zweite Reihe der Society-Grössen, die man überall kennen lernt, wo es Gratisbuffets oder freien Eintritt für Premierefeiern gibt. In der dritten Reihe, hier schon ohne Seeblick, finden sich schließlich die Intellektuellen und Freigeister, meist verarmte Künstler, Anhänger fernöstlicher Massagetechniken, Psychotherapeuten oder deren Patienten, die die Linsen der Kameras suchen wie die Gelsen das Licht. Der Erstkontakt mit allen diesen Gestalten erfolgt vorzugsweise bei kulturellen Veranstaltungen, für die man keinen Eintritt bezahlen muss. Oder bei diversen Freizeitaktivitäten wie beispielsweise Minigolf, Seminaren über Jagdhornblasen, Partner-Tauschbörsen, Insektenausstellungen oder Pfadfindertreffen mit minderjährigen Priester-Seminaristen. Je ausgeflippter das Hobby, desto größer ist die Wahrscheinlichkeit, rasch und unbürokratisch eine Schihüttenverbrüderung mit potentiellen Geschäftspartnern zustande zu bringen.
Deshalb hat jeder ehrgeizige Makler, der sich bemüht, in bestimmte Kreise aufzusteigen, spätestens nach drei Jahren eine ansehnliche Anhäufung diverser Sammelobjekte oder Freizeitausrüstungen in seinem Schrank: Etwa einen Tiefsee-Taucheranzug, diverse Domina-Outfits, eine Kardinalskutte, Schwerter und Florette, eine Elefantenbüchse, Handschellen, ein Dressurpferd sowie einen Querschnitt aufgespießter südamerikanischer Insekten und vieles mehr. Man muss praktisch für alle Eventualitäten gerüstet sein, wenn sich die

Chance ergibt, über einen privaten Kontakt an die Immobilie eines Society-Kunden heranzukommen. Denn ist erst einmal eine gemeinsame Wellenlänge hergestellt, trägt einen die Strömung automatisch in die richtige Richtung davon. Oder auch nicht.

Bei einer Charity-Veranstaltung zugunsten herrenloser bengalischer Nacktkatzen ergibt sich eine potentielle Geschäftsgelegenheit in Gestalt eines Ehepaares mit den klingenden Namen Annegrit und Wilderich, das meinem geschulten Auge durch seinen Eifer beim Einsammeln von Geldspenden auffällt. Beide sind in den Fünfzigern, wobei vor allem Annegrit anzusehen ist, dass sie mehr Kilometer am Tacho hat, als ihr Baujahr vermuten lässt. Unsere Bekanntschaft erfolgt spielerisch, indem ich den beiden ein Tablett mit gespickten Fischhäppchen vor die Füße werfe, - der ideale Einstieg für ein Gespräch über herrenlose bengalischer Nacktkatzen, deren Kinder nichts zu essen haben. Ganz unverfänglich erwähne ich dabei in diversen Nebensätzen, dass ich eine berühmte Immobilienmaklerin bin und außerdem die Patentante von einer blinden, einer dreibeinigen, einer schwanzlosen und einer schielenden Nacktkatze. Annegrit und Wilderich geben ihrerseits preis, dass sie begeisterte Hobbyköche sind und darüber hinaus begeisterte Anhänger fernöstlicher Meditationstechniken. Ich unterschreibe also vor ihren Augen zwölf Patenschaftsurkunden in einer mir unbekannten Sprache und werde infolgedessen zu einem kleinen, intimen Meditationsabend unter Freunden eingeladen.
An einem von den Gastgebern sorgfältig ausgewählten Freitag, bei abnehmender Mondphase und auffrischendem Westwind sowie einem „Zeichen" in Form anhaltenden Durchfalls eines thailändischen Geisterheilers findet das Essen schließlich statt. Mein etwas korpulenter Gatte und ich haben uns in original indische Saris in rot und schwarz gehüllt, was zur Folge hat, dass er aussieht wie eine katholische Nonne im fünften Schwangerschaftsmonat. Annegrits und Wilderichs Zuhause besteht aus einem äußerst düster beleuchteten Loft, in

dem es keinerlei Türen gibt, und schon beim Betreten steht für mich fest, dass ich an diesem Ort keinesfalls meine Blase entleeren werde. In der Mitte des grottenartigen Raumes steht ein langer Tisch, und rundherum sitzen ebenfalls düster wirkende Grottenmolche, die aussehen, als wären sie nach einem exzessiven LSD-Gelage in den späten Sechzigern an ihren Plätzen kleben geblieben. Annegrit stellt sie uns einzeln mit Vornamen und Berufsbezeichnung vor: Da ist ein Molch namens Heinrich, seines Zeichens Fast-Opernsänger, der in einer Einrichtung der Lebenshilfe Trommelunterricht gibt. Weiters eine berühmte Malerin, die hauptsächlich mit Kuhdung und anderen ursprünglichen Materialien arbeitet. Neben ihr sitzt ein Mensch gewordenes Häkeldeckchen, das sich als Patchwork-Artistin vorstellt, sowie ihr Lebensabschnittspartner, der allabendlich als Marilyn Monroe in der „Gruft" auftritt. Generell kann man die illustre Gästeschar unter den Begriffen Künstler, Patienten, Betreuer und Berater zusammenfassen, allen gemeinsam ist eine gewisse intellektuelle Note, die ihren Ausdruck in seltsamer Gewandung und völlig unverständlichem Gebrabbel findet. Davor rettet uns nach einigen endlosen Minuten ein ohrenbetäubender Gong, denn das aus internationalen Spezialitäten zusammengesetzte Dinner wird aufgetragen: Es gibt orientalische Insektenaugen in Tofuwurzelextrakt, panierte Hühnerflügel vom griechischen Pleitegeier, dreiköpfigen Fisch in japanischen Algenblättern, danach wahlweise italienischen Rammler oder französischen Fummler, heraus gebraten in Shell-Öl aus der Nordsee. Danach ist für die Kalorienbewussten somalischer Getreidekuchen vorgesehen, während sich die Völlerer, wie etwa die schwangere katholische Nonne neben mir, den Wanst mit in Schokolade gewälzten Tarantaleiern voll schlagen können. Dazu wird zu jeder Speisenfolge der passende Wein serviert, was zur Folge hat, dass langsam etwas Leben in die Molche zurückzukehren scheint.
Ich selbst ziehe die Notbremse, sobald nach dem dritten Gang erste Sehstörungen auftreten, während meine korpulente Begleitung bereits lautstark in die sphärischen Klänge

einstimmt, die von allen Seiten aus versteckten Lautsprechern auf uns herablullen. Dadurch ist es mir auch vergönnt, den entscheidenden zweiten Teil der Veranstaltung aktiv mitzuerleben, welcher den kulturellen Aspekten unseres Zusammenseins gewidmet ist. Eröffnet wird er mit den rhythmischen Bauchtanzbewegungen einer erfolgreichen Saugnapf-Therapeutin, die in deutlich alkoholisiertem Zustand die Tischplatte erklimmt, einige krampfartige Zuckungen in alle Richtungen ausführt und danach mit großem Getöse und Beifall im Sangria-Topf landet. Auch ein Astrologie-Student im 23. Semester bleibt nicht faul, er wirft sich, spirituell stark inspiriert, auf den Boden und gibt dort nahezu fehlerlos die ersten drei Strophen des Liedes „Wenn die bunten Fahnen wehen, geht die Fahrt wohl übers Meer" zum Besten. Danach zwingt ihn sein Druck auf der Blase zu einer Unterbrechung, und er verschwindet auf dem Balkon, wo er sich in einen Gummibaum erleichtert.

Kurze Zeit später kommen wir in den Genuss eines literarischen Beitrags von einer pensionierten Hellseherin, die auf einem Bein stehend ihr „Gedicht vom Ei" vorträgt. Es geht darin um ein Huhn, welches nach dem Verzehr einer Hanfpflanze davon überzeugt ist, noch immer in einem Ei eingesperrt zu sein. Das stellt sich aber als falsch heraus, als das Ei von einer Maus gefressen wird. Danach verzehrt eine Katze besagte Maus, wodurch uns die Zerbrechlichkeit unseres kurzen irdischen Daseins auf erschütternde Weise vor Augen geführt wird. Als der Vortrag beendet ist, ist rund um den Tisch haltloses Schluchzen zu hören, und viele der Anwesenden bitten die pensionierte Hellseherin um ein Autogramm auf ihrer Serviette. Man reicht sich die Hände, verfällt in rhythmische Schaukelbewegungen, wird in diesem Moment völlig Eins mit dem Universum. - Mit Ausnahme der korpulenten katholischen Nonne neben mir, welche die kostbare Stimmung mit einem dröhnenden Lachkrampf unterbricht und „Ei, Ei, Ei!" rufend vom Sessel kippt.

Um den weiteren Verlauf des Abends abzukürzen: Trotz des kleinen Zwischenfalls sind unsere Gastgeber durchaus erfreut, unsere Bekanntschaft gemacht zu haben. Immobilienbesitz haben sie nicht, allerdings arbeitet Wilderich gerade an einer Trilogie zum Thema „die globalen Auswirkungen des Bienensterbens und deren Sekundärfolgen auf die Population des europäischen Ameisenbärs", und er hofft, mit den Tantiemen irgendwann ein Haus im Waldviertel kaufen zu können. Ich packe die schwangere Nonne nach ihrer halbstündigen Chan-Chan-Einlage in mein Auto und fahre nach Hause. Schließlich ist auch morgen noch ein Tag, und die nächste Charity-Veranstaltung wartet schon.

Eine Wiedergeburt

Obwohl man als Makler ständig neue Menschen kennen lernt und auch eine Unzahl an Kollegen und Mitbewerbern hat, ist man im Grunde immer ein Einzelkämpfer mit erhöhtem Risikopotential. Viele Berufskollegen entwickeln Allergien gegen harmlose Dinge wie Telefone oder Mails, überreagieren auf harmlose Fragen wie „was kann man machen mit Preis?", oder landen in besonders schlimmen Fällen sogar in geschlossenen Anstalten oder im Gefängnis. Um solchen Entwicklungen gegenzusteuern, muss man bestimmte Abwehrtechniken entwickeln. Beispielsweise kann man für lästige Mailanfragen Standardantworten programmieren, wie: „Was wollen sie eigentlich von mir???" Man kann sein Handy mit einem Standardantworttext besprechen, in dem darauf hingewiesen wird, dass dieser Anruf nach Südafrika verbunden wird und zwar ausschließlich auf Kosten des Anrufers. Man kann seine Inserattexte von Haus aus so gestalten, dass wirklich nur mehr tatsächliche Kaufinteressenten darauf reagieren, indem man die Konditionen für Anfragen und Besichtigungen verschärft: „Wir bitten um Verständnis dafür, dass wir für jede unnötige Frage 5 Euro berechnen, jede Besichtigung kostet weitere 150 Euro, und falls sie das Ding dann nicht kaufen, ist eine Mahngebühr von 2000 Euro fällig." Wer das nicht möchte, legt sich als Ausgleich zum stressigen Berufsalltag am besten ein Hobby zu, sammelt seltene Mineralien, treibt Sport oder holt seinen Grundschulabschluss nach. Ich persönlich kann solchen Tätigkeiten allerdings wenig abgewinnen und bin deshalb schon vor Jahren auf den Hund gekommen.

Ich habe eine mittelgroße, schwarze Zottelhündin namens Lucy, Rasse rumänischer Gossenhund, die allerlei Kunststücke und Tricks beherrscht. Beispielsweise liebt sie es, Knochen und andere Essensreste im Garten zu verbuddeln und dann Tage oder Monate später wieder auszugraben, quasi als Notration für schlechte Tage. Ihr Lieblingstrick aber besteht darin, mich so zu manipulieren, dass ich sie nahezu überall mitschleppe, ob passend oder nicht. Sobald ich mich zum Fortfahren anschicke, lässt sie den Kopf hängen wie ein zum Tode Verurteilter beim Anblick seines Henkers und gibt dabei mitunter auch noch Laute des Würgens oder des Erstickens von sich. Nehme ich dann die Leine zur Hand, verwandelt sie sich auf wundersame Weise in einen lustig tanzenden Kreisel, ihr gesamter Körper beginnt zu wedeln, und sie springt voll jugendlichem Elan und mit einem tiefen Seufzer der Erleichterung in den Kofferraum meines Autos.

Bei beruflichen Terminen ist die Gesellschaft eines zottigen, schwarzen Gossenhundes allerdings nicht immer opportun. Es gibt spießige Menschen, die es nicht mögen, wenn man ihre Perserteppiche besabbert, ihre Rosengärten umgräbt oder den um teures Geld erstandenen selbsttätigen Staubsauger solange jagt, bis er freiwillig den Geist aufgibt. Man muss daher abwiegen, bei wem der Gossenhund willkommen ist, oder bei wem er eher nacktes Entsetzen auslöst. Und danach entscheiden, dass er mitgenommen wird, weil er sonst erstickt oder aus lauter Kummer vor einen Zug springt.

Bei einem Termin in meiner unmittelbaren Nachbarschaft fällt diese Sorge weg. Das Ehepaar gilt als ausgesprochen tierlieb, hat sogar den Spitznamen „die Käferchen", weil es selbst dem niedrigsten Gewürm spirituell tief verbunden ist und außerdem Bio-Obst verkauft, das zahlreichen Kleinstorganismen Heimat und Nahrung bietet. Herr und Frau Käfer sind noch jung und haben beschlossen, im abgewirtschafteten Gartenhaus eines verstorbenen Mathematikprofessors ihren Traum von der eigenen Landwirtschaft zu verwirklichen. Die Liegenschaft sieht aus wie eine Außenstelle des Wiener Tierschutzhauses kurz vor der Zwangsräumung, und ich werde mit einem seligen Lächeln und Käferchens bekanntem Steinobstkuchen aus eigenem Anbau erwartet. Stein deshalb, weil der Kuchen ausgesprochen hart ist und selbst die Backenzähne einer Hyäne vor eine harte Herausforderung stellt. Man erwartet von mir eine fundierte Finanzierungsberatung für einen geplanten Zubau, der eine Rotte von ehemaligen Minischweinen beheimaten soll. Jetzt sind die Schweine nämlich überhaupt nicht mehr mini, sondern eher XXL und sehen aus wie die pubertierenden Sprösslinge eines bekannten deutschen Fernsehkommissars, der eigentlich nach einem Rindvieh benannt ist. Wir beginnen den Rundgang, nachdem ich meinen Vierer von rechts oben sorgfältig in ein Taschentuch verpackt habe, und Lucy ihren Anteil unter einem Möbel erbrochen hat, welches ehemals eine Couch gewesen sein dürfte.

Zu unterscheiden, wo der Wohnbereich endet, und die Entfaltungsstätte des glücklichen Viehzeugs beginnt, ist nicht möglich. Die Übergänge sind, bedingt durch die Ausscheidungen der Tiere, fließend: In zahllosen Käfigen tummeln sich Mäuse und Ratten, afrikanische Weißbauchigel und chinesische Zwergwachteln, Molche und Lurche, Iltisse und Stinktiere. Die ehemalige Garage des Mathematikprofessors wurde zu einem Gehege für das blinde Frettchen Fiona und ihren einbeinigen Freund Karl-Heinz umgestaltet, das Gartenhaus beheimatet zahlreiche exotische Vögel, die teilweise ebenfalls körperbehindert sind und ihre Zeit damit totschlagen, sich gegenseitig die Federn auszurupfen. Die pubertierenden Fernsehkommissar-Sprösslinge stehen vorläufig noch in einer notdürftig ausgehobenen Schlammgrube, wo sie sich hauptsächlich damit beschäftigen, Dünger für das berüchtigte Bio-Obst der Käferchen zu produzieren. Vorbei an mehreren Taubenschlägen, einer Lacke mit Goldfischen und zahmen Gelsen und einigen Glaskästen, die reglose und offensichtlich verstorbene Reptilien beherbergen, gelangen wir schließlich zur „Kaninchen-Villa", einem Holzkobel, über dessen Eingangstür ein hölzernes Namensschild montiert wurde: „Hoppelchen" wohnt hier, dürfte aber im Augenblick ein Nickerchen machen, denn der Kobel wirkt verlassen und leer. Die Besichtigungsrunde ist damit beendet, ich verspreche, ein Finanzkonzept für die Errichtung eines weiteren Zubaus zu erstellen und flüchte mich in mein Auto, in dem es sich in der Zwischenzeit dutzende glückliche Fliegen und Lucy im Kofferraum gemütlich gemacht haben. Sie wirkt entspannt und aufgekratzt und sieht lustig aus mit vielen weißen Punkten aus

Hühnerkacke in ihrem Fell. Erst am Abend bemerke ich gewisse Verhaltensauffälligkeiten, der Gossenhund möchte in der zweiten Werbepause von „Teenager werden Mütter" plötzlich hinausgelassen werden. Nach wenigen Minuten kehrt er hocherfreut wedelnd und mit einem Ausdruck ungezügelter Freude zurück und wirft mir Hoppelchen direkt vor die Füße und auf den Perserteppich.

Mit trivialen Worten ist das Grauen nicht zu beschreiben, das mich beim Anblick des stark ramponierten Nagetiers befällt: Nicht nur aufgrund der Tatsache, dass sich mein Hund gerade als eiskalter Killer entpuppt, sondern auch, weil Hoppelchen in einem wirklich beklagenswerten Zustand ist. Das Lieblingstier meiner freundlichen Bionachbarn sieht aus wie vom Traktor überrollt, von der viel besungenen „schönen Leich" kann überhaupt nicht die Rede sein. Mir ist sofort klar, dass jetzt kühles, überlegtes und vor allem rasches Handeln angesagt ist, wenn ich den Gossenhund und mich selbst vor dem Strang bewahren will. Also packe ich die dürftigen Reste von Hoppelchen und stecke sie als Sofortmaßnahme in die Waschmaschine, Schongang ohne Schleudern, um sämtliche DNA-Beweise in den Abfluss zu spülen. Danach wird Hoppelchen sorgfältig gekämmt und gebürstet und anschließend mit Hilfe meines Lockenstabs und eines starken Föhns wieder in Form gebracht. Wirklich unbeschädigt sieht er danach noch immer nicht aus, eher wie Karl Dall nach der Premierefeier einer neuen Life-Show, aber mehr ist in der Eile einfach nicht herauszuholen. Ich vollende also mein Werk mit einem kräftigen Schuss „Opium" von Yves Saint Laurent, um den Verwesungsgeruch zu übertünchen, und mache mich im Schutz der Dunkelheit auf, um Hoppelchen heimlich dahin zurückzubringen, wo der Gossenhund ihm den Garaus gemacht hat.

Der nächste Tag ist grauenvoll. Ich kaufe alle Tageszeitungen und durchforste die Chronikteile nach Nachrichten und Fahndungsfotos von Lucy, dazwischen schicke ich Stossgebete zum Himmel, dass es keine Obduktion geben würde. Nebenbei lasse ich durchgängig BBC laufen, aber weil sich im Gaza-Streifen gerade ein dreijähriger

Selbstmordattentäter, verkleidet als israelischer Fremdenführer, in die Luft gesprengt hat, gibt es auch hier keine Hinweise auf den Gossenhund, dessen Verbrechen mir als nicht weniger verabscheuungswürdig erscheint. Gegen Abend schließlich wird die Ungewissheit unerträglich, weshalb ich beschließe, mich vor Ort über den Stand der Dinge, beziehungsweise der Ermittlungen, schlau zu machen. Als ich ankomme, sind zwar weder Ambulanzen noch Polizeiautos zu sehen, dafür erblicke ich aber eine große Menschentraube, die sich um den Kobel von Hoppelchen versammelt hat und betet. Man sagt mir, dass sich in der vergangenen Nacht ein Wunder ereignet habe. Das Lieblingskaninchen der Käferchens, welches vor rund einer Woche aufgrund von Altersschwäche das Zeitliche gesegnet hatte, sei zurückgekehrt. Vom hauseigenen Kaninchenfriedhof sei es auferstanden, zwar nach wie vor tot, aber in neuer Pracht und Herrlichkeit, umgeben von einer sphärischen Duftwolke und mit seidig glänzendem Haupthaar. Die Menschen weinen, kaufen Unmengen von Käferchens Steinobstkuchen und schöpfen Wasser aus dem Lurche- und Gelsentümpel, das sie gegen verschiedene körperliche Gebrechen einsetzen möchten.
 Ich selbst mache kehrt, um ein ernstes Wort mit dem Gossenhund zu reden. Er muss endlich damit aufhören, alte Knochen und Essensreste auszubuddeln, sonst landen irgendwann auch noch die pubertierenden Fernsehkommissar-Sprösslinge als Reinkarnation auf unserem Perserteppich. Und diese Aussicht finde ich alles andere als erfreulich.

Alternativ-Kunden

Natürlich sind nicht alle Kunden seltsam, unsympathisch oder abstoßend. Im Gegenteil: Es sind auch einige darunter, die unter den Begriff „normal" fallen, oder sogar als „nett" bezeichnet werden können. Außerdem ist es für einen toleranten Menschen wichtig, auch die Andersartigkeit mancher Menschen anzuerkennen, vor allem, wenn er Makler ist. Zu meinen absoluten Lieblingskunden zählen menschenähnliche Wesen, die den Wert einer Immobilie an ihrer Aura erkennen, weil sie mit besonderen, übernatürlichen Fähigkeiten ausgestattet sind, von denen ein mit normaler Intelligenz ausgestatteter Mensch keine Ahnung hat. Man erkennt sie daran, dass sie zu einer Besichtigung in Wien-Favoriten von Oberösterreich mit dem Fahrrad anreisen, um die Umwelt zu schonen; Ihre jeweilige Geschlechtszugehörigkeit ist schwer erkennbar, weil sie jedwede Zuordnung als Diskriminierung entlarvt haben. Sie tragen seltsame, selbst geschneiderte Gewandungen aus Lebensmittel- oder Korkabfällen, Brillen aus Recyclingglas, selbst gewutzelte Tampons und häufig auch keine Schuhe, damit sie keine Würmer, Kakerlaken oder Baby-Nacktschnecken zertreten. Jedes Wort, das man zu ihnen sagt, beantworten sie mit „okay" oder auch „fein", und selbst sprechen sie meist wenig, weil sie damit die Schwingungen stören würden oder die Heilkräfte der Steine, oder das Wasser in der Klospülung irritieren. Das wichtigste Merkmal, das diese etwas anderen Menschen auszeichnet, ist aber eine große Anzahl verrotzter, schlampig gekleideter und überaus lauter Kleinkinder, die meistens Bastian, Noah, Mia oder Hannah heißen und durch besondere Aufgewecktheit und Abenteuerlust auffallen. Da es sich meist um mittellose Immobilientouristen handelt, die einen viele Jahre hindurch quälen, kann man die Zuwächse in diesen Familien gespannt beobachten und muss sich bei gemeinsamen Besichtigungstouren lediglich die Namen der neu-hinzugekommenen Sprösslinge merken, die –vermutlich der

Vater- nach indianischem Vorbild um den Bauch geschnallt trägt. Praktischer Weise geht es dann beim Besichtigen auch überhaupt nicht um profane Dinge, beispielsweise wie viele Zimmer man anbieten kann, wann ein Haus gebaut wurde, oder welche Finanzierungsmöglichkeiten es gibt. Die Fragen, die gestellt werden, lauten vielmehr: Wann blüht der Apfelbaum, und wann wurde er gepflanzt? Kann man einen Brunnen bohren? Kann man in diesem Brunnen rechtsgedrehtes Grander-Wasser erzeugen? Wurde das Haus aus Lehm erbaut, und wenn nicht, warum nicht? Kann man das Dach mit Stroh decken? Wo kann man das Stroh selbst anpflanzen? Sind die Brennesseln mit biologischem Dünger behandelt? Gibt es eine Montessori-Schule in der Nähe? Wo ist der Brot-Backofen? Kann man im Keller eine Töpferei einrichten? Wurde das Holz für den Dachstuhl bei zunehmendem oder bei abnehmendem Mond geschlägert? Kann man den Kanalanschluss stilllegen und ein Bio-Plumpsklo in Betrieb nehmen? Und mit geradezu erschütternder Klarheit erkennt man bei diesen Begegnungen, dass man praktisch von der Wiege an am falschen Dampfer unterwegs war und die wahren Werte des Lebens für ein paar Hamburger, ein luxuriöses Eigenheim, einen Sportwagen mit Ledersitzen und einen Swimmingpool mit Gegenstromanlage geopfert hat.

Genau das muss ich zum wiederholten Mal erleben, als ich einer solchen Familie aus biologisch-dynamischen Anbau ein Haus in der Einschicht präsentiere, welches mir ein boshafter Kollege als Vermittlungsobjekt hat zukommen lassen. Die Bude hat leichten Renovierungsbedarf betreffend das Dach, die Fassade, den Dachstuhl, die Fenster und Türen, Elektrik und Installationen, Wände, Böden und sämtliche Außenanlagen. Ansonsten ist alles in Ordnung, sodass ich einer reibungslosen Präsentation mit voller Zuversicht entgegenblicke. Ein paar Pinselstriche hier, ein Traumfängerlein da, und schon sieht die Sache aus wie neu. Nahezu pünktlich erscheinen dann zwei zwitterähnliche

Wesen, natürlich auf Fahrrädern, gefolgt von den Babyzwittern Noah, Leon, Mia und Hannah, die allesamt Helme und auch Windeln tragen, das eine, weil es vorgeschrieben ist, das andere, weil eine künstliche Beschleunigung der frühkindlichen Sauberkeitsentwicklung gravierende Traumata hinterlassen kann. Solchermaßen geschädigte Kinder werden später häufig Sexualverbrecher, Priester oder Bankdirektoren und landen frühzeitig im Knast. Die großen Zwitter begrüßen mich mit verklärtem Lächeln und vertraulicher Du-Anrede, ein Babyzwitter tritt gegen mein Schienbein, während mich ein zweiter bespuckt, und die zwei restlichen bereits ins Einschichthaus eindringen. „Fein ist das", sagt der Mutter-Zwitter, den ich daran erkenne, dass er einen Mutter- Milchfleck auf der Brust hat, den der achtjährige Noah nach dem Stillen dort hinterlassen hat. „Eine ganz feine Aura ist das, ganz feine Schwingungen auch."

Ich sage: „Das da ist ein Haus, gebaut 1969, sehr solide, sehr gepflegt, sie, Verzeihung, du wirst sehen." „Okay", sagt der Vater-Zwitter sichtlich erfreut, „können wir es auch innen sehen?" Sie können, und wir bewegen uns in einem atemberaubend langsamen Tempo in Richtung Eingangstür, die Hannah gerade mit Bio- Fingerfarben aus Marderexkrementen fröhlich-bunt bepinselt, während Klein-Mia am klammheimlich mitgebrachten Klebstoff schnüffelt, um erste bewusstseinserweiternde Erfahrungen zu sammeln. Noah hat es sich in der Küche bequem gemacht und alle Töpfe ausgeräumt, um sie mit Schnellzement zu befüllen, den irgendwann ein betrunkener Handwerker zurückgelassen hat. „Fein ist das", sagt der Mutter-Zwitter, „kommt das Wasser aus einer Quelle? Die Kinder mögen nämlich am liebsten Quellwasser, das hat die beste Aura." Ich muss ungeschönt zugeben, dass das Wasser aus der Leitung kommt. Es besteht aber die Möglichkeit, die Rohre herauszureißen und zu recyceln und danach kleine Schmuckgegenstände daraus zu machen. Der nächste Brunnen ist lediglich vier Kilometer entfernt, - für Freunde des Triathlon-Sports ein Klacks. Das findet der Vater-Zwitter „okay", sodass wir uns sogleich dem

Problem der elektrischen Leitungen zuwenden können. Schließlich weiß jeder Idiot, dass die Strahlungen verursachen und somit den Tod unzähliger wertvoller Mikroorganismen wie beispielsweise Taranteln oder Fuchsbandwürmern herbeiführen können. Das findet auch Bastian bedauerlich und gefährlich, der sich in der Zwischenzeit mit dem Fahrradschloss an den Balkon gekettet hat und von dort hinunterbaumeln lässt. „Man könnte ja auch die Elektroleitungen entfernen", schlage ich vor, „das macht heute praktisch jeder. Und stattdessen stellen sie, Verzeihung, stellst du Öllampen auf, das gibt auch ein feines Licht.", „Öl ist nicht so fein", sagt der Mutter-Zwitter, „aber Hanf-Lampen vielleicht, die sind fein."

Danach wenden wir uns dem Themenkreis Umgebung und Aussicht zu und werfen zu diesem Zweck einen Blick aus dem Fenster des potentiellen Schlafzimmers. Während von oben die Gestalt eines etwa siebenjährigen Knaben heruntersaust und mit einem lauten Krachen auf dem ehemaligen Saustall-Dach aufprallt, bewundern Mutter- und Vater-Zwitter den Blick auf sumpfige Wiesen und morastige Schafsweiden. „Das ist die Aussicht", erkläre ich, „wo man hinschaut, sieht man Gegend!" Und im Gefühl, hier wirklich Punkte sammeln zu können, führe ich weiter aus, dass sämtliche Bäume nur mit Regenwasser gegossen werden, dass im Bach Steine aus natürlicher Steinbruchhaltung liegen, dass die Kahlheit der Bäume nicht vom sauren Regen kommt, sondern vom Herbst, und dass die fette Taube vor dem Fenster unter das Washingtoner Artenschutzabkommen fällt, weil sie besonders schön gurrt, wovon sich die Zwitter jederzeit selbst überzeugen könnten.
Nur nicht jetzt gerade, weil aus dem Erdgeschoß wilde Zorneslaute und ordinärste Baustellenflüche heraufpönen. Noah hat seine Hände in einem Suppentopf einzementiert, Hannah ist gerade dabei, diese Manifestation lebender Kunst mit ihren Fingerfarben auszuschmücken, und Mia lehnt apathisch in einer Ecke, die Klebstoff-Flasche fest umklammernd. „Fein ist das!", sagt der Mutter-Zwitter.

Und weil es bislang nicht besser hätte laufen können, versuche ich, die Besichtigung allmählich einem positiven Ende zuzuführen. Inzwischen sind auch drei Ambulanzen vorgefahren, die die Kinder mitnehmen, und die zwei großen Zwitter machen einen zufriedenen und glücklichen Eindruck. Zwecks Besprechung näherer Details wollen wir uns in der kommenden Woche treffen, vorausgesetzt, dass das Krankenhaus mitspielt, denn die Kinder sollen unbedingt dabei sein. Sie werden mich anrufen, wenn sie mit ihren Fahrrädern in vier Tagen wieder zu Hause angekommen sind. „Fein ist das", sage ich, steige in meinen Bio-BMW und brause davon.

Nachwort

Natürlich dürfen solche Geschichten, Erlebnisberichte, Beichten und Geständnisse nicht zu dem völlig falschen Eindruck führen, dass man als Immobilienmakler seinen Job, seine Kunden, seine Berufung und nicht einmal sich selbst ernst nimmt. Im Gegenteil. Wir nehmen das alles todernst, gerade weil wir nicht viel zum Lachen haben. Es ist nur so, dass sich bestimmte Muster so oft wiederholen, dass man am Ende nicht mehr weiß, ob wirklich alles wahr ist, beziehungsweise wahr sein darf. Und es ist hilfreich in diesem Beruf, den Dingen auch ihre heitere, zutiefst menschliche Seite abzugewinnen. Makeln ist harte Arbeit, eine große Verantwortung und täglich eine neue Herausforderung, die - zumindest ich- mit Humor am besten bewältigen kann. Eben in meiner höchst persönlichen Deutung der Formulierung „von der Leichtigkeit des Seins".

Biographie:

Sybille Zeisel: 1960 in Wien geboren. Nach Absolvierung des humanistischen Gymnasiums viele Jahre lang tätig als freie Journalistin für diverse Zeitungen, Zeitschriften, den ORF und private Filmfirmen. 2005 Abschluss eines Universitätslehrganges für Immobilienmanagement und Erlangung der Gewerbeberechtigung als Immobilienmaklerin. Gründung eines eigenen Unternehmens, in dem sie bis heute erfolgreich tätig ist. 2011 veröffentlicht sie das Kinderbuch: „Von Menschen und anderen Tieren". Sybille Zeisel ist zum 2. Mal verheiratet, hat zwei erwachsene Kinder und lebt in Pressbaum im Wienerwald.